做有影响力的图书

愿你出走半生，归来仍是少年

LUCKY珊瑚 钟小萌等 著

廣東旅游出版社
GUANGDONG TRAVEL & TOURISM PRESS
悦读书·悦旅行·悦享人生
中国·广州

图书在版编目（CIP）数据

愿你出走半生，归来仍是少年 / LUCKY 珊瑚等著 . —
广州 : 广东旅游出版社， 2020.5
ISBN 978-7-5570-1782-8

Ⅰ . ①愿… Ⅱ . ① L… Ⅲ . ①散文集—中国—当代
Ⅳ . ① I267

中国版本图书馆 CIP 数据核字（2019）第 067119 号

愿你出走半生，归来仍是少年
YUAN NI CHU ZOU BAN SHENG , GUI LAI RENG SHI SHAO NIAN
LUCKY 珊瑚等 著

◎出版人：刘志松　　◎责任编辑：梅哲坤
◎责任技编：冼志良　◎责任校对：李瑞苑

出版发行：广东旅游出版社
地址：广州市越秀区环市东路 338 号银政大厦西楼 12 层
邮编：510060
电话：020-87347732
印刷：三河市华晨印务有限公司
地址：三河市杨庄镇杨庄村
开本：880 毫米 ×1230 毫米　1/32
字数：118 千字
印张：8
版次：2020 年 5 月第 1 版
印次：2020 年 5 月第 1 次印刷
定价：36.00 元

序

怀抱梦想，脚步不停

◀◁◁

梦想是什么？有人说，它是天上的皓月，总在拨云重见之时格外动人心弦；有人说，它是灌木丛中的萤火虫，总在不经意的转身中带来惊喜；还有人说，它是海洋夜色中的灯塔，总在人们迷失方向时给予指引。

的确，人的一生不能没有梦想，梦想的光总会因执着、坚毅还有持之以恒而照进我们的生命。然而，这样的光芒并不会因为认同而被逐一实现。

或许是因为际遇的变迁，或许是因为视角的转变，或许是因为现实的无力……总会有各种原因让梦想的脚步被迫逗留、被迫停滞。

然而，这并不是我们最初想要的，也不是我们真心想看到的。那些光鲜亮丽的动人誓言，那些青涩却真挚的美好憧憬，都曾经是出自我们真心的，如若让它们被岁月无情地侵蚀殆尽，我们的人生就会变得苍白无力。

本书故事中鲜活生动的主人公们，无一不是最质朴的逐梦者。他们或是亲身经历过失败，或是被人冷眼嘲笑打击过，抑或是在日夜奔忙中忘记了最初的梦想……当他们重新审视自己的梦想时，都能从自己身上或从他人身上找到继续努力实现梦想的动力和支撑，而当追梦的脚步再次迈开时，他们心中原本的热忱与欢欣鼓舞也被毫无意外地唤醒，再一次精神抖擞地成为生活中精彩的主角。

亲爱的，如果你的心中有一个梦想，不管它是大是小，无论它是远是近，只要它如同远方的彩虹一般让你心中充满向往，让你始终有仰头前行的动力，就请你将这道彩虹刻在心间，让它常常提醒你前行的方向，时时告诉你坚持下去的理由。请你始终怀抱着这份梦想，无论风雨、无论阴晴，都坚毅而执着，别让追梦的脚步停滞不前。

目 录

◀◁◁

第二章

人，常常因为困难而意识到自己的脆弱，也常常因为脆弱而选择逃避，最终将放弃落实。然而，这样的递进是否真的就是摆脱困境的捷径呢？答案是未必。有时候，放弃只是借口，放弃比坚持下去更难。不信，你试试反其道而行之，你会发现，其实坚持并没有你想象中的那么困难。

第三章

当你决定和梦想说再见的时候，相信你的内心是失望和痛苦的，因为梦想一旦远离，想要找回来没有那么容易。所以，不要轻易和梦想说再见，梦想是用来坚持的，而不是用来远离的。

那些动人的描绘和令人血债张的口号对于梦想而言都抵不过亲自动手的一笔一画，所谓“不积跬步，无以至千里”，在朝着梦想前行的道路上同样适用。

第一章
梦想不是别人的，而是自己的

梦想，在很多人的人生里是闪烁的星光，也是绚烂的风景。一个色彩斑斓的梦想和一串执着而坚定的脚印，是人生旅程的开始。是欣赏别人的梦想还是描绘自己的梦想，其实选择就在一念之间。

■ 追逐彩虹的人拥有七彩的人生（作者：忆海忘川）

有时候，我们裹足不前，只是因为自己不够勇敢。踏上未知的旅程，或许会遭遇风险，但是沿途的风光会无比精彩绚烂。只有去追逐彩虹的人，才能拥有七彩的人生。

小米是个高挑漂亮的姑娘，白皙的皮肤配上一双忽闪忽闪的大眼睛，简直令人见之不忘。

秦志伟作为一个老实巴交的男老板，从她走进店里的那一刻起，就被这个小丫头征服了。

那是初春时节，天气暖洋洋的，由于时间还早，店里并没有客人。秦志伟和往常一样窝在前台的大沙发里看书。

秦志伟的旅馆布置与别处不大相同，没有什么豪华的装修与装饰，只有巨大的透明落地玻璃窗、高高的书架以及满满一书架的书籍。

这些书是秦志伟这些年来唯一的收藏与收获。它们比情人更贴心、比朋友更忠诚，始终慰藉着他的孤独，温暖着他的心灵，让他一个人也可以生活得有滋有味。

有些书刚买回来的时候他爱不释手，可是后来好多年都没有再翻阅过一次。也有些书刚买回来的时候他并不喜欢，随手安置到了某个角落里沉寂了许多时日，却在后来的一个他突然醒来的深夜，或者在一个没有客人上门的阴冷清晨，他发觉那些文字恰好写进了自己的心里。

看来世间所有的相遇都要讲究一定的机缘，就连文字也一样。太早了不行，未经世事的我们可能还无法读懂字里行间的玄机；太晚了也不行，千帆过尽的我们很容易失去感知世界的柔软心境。

小米进来的时候，秦志伟正读到那句“繁花遍地的原野上，阳光照得我全身软绵绵的，一回头，正看见你微笑的模样”，还没来得及闭着眼睛遥想一下书中的那位漂亮姑娘，他就看见小米已经俏生生地站在了眼前。

不可否认，男人都喜欢漂亮姑娘，秦志伟自然也不例外。于是，就连他招揽生意的语气，都要比以往显得殷勤许多。

原本秦志伟以为小米住个一两天就会结账离开，那么这个漂亮姑娘如同之前其他曾经入住过这里的无数个漂亮姑娘一样，很快就被遗忘在时光深处。

可是第二天的晚上，小米领回来了一只瘦弱的小狗，还请求秦志伟收养。它就是后来的镇店之宝——波波。

波波是一只非常有灵性的小狗。据小米讲，她是在一家餐馆就餐的时候被波波盯上的。估计在遇上小米之前，波波一直流浪街头，靠餐馆丢弃的残羹剩饭为生。

看着身边兴奋不已的一人一狗，秦志伟只好为难地告知小米：“为了其他房客的健康，本旅馆并不准备喂养任何宠物。”

“为什么？你不觉得它很可爱吗？”小米一脸无辜地问道。

“它是很可爱。可是你要知道，动物的可爱在人类的安全和健康面前显得无足轻重。”秦志伟避开小米的眼睛，低着头努力保持立场不动摇。

“我可以送它去体检、打疫苗，保证它比这些房客更加安全和健康。”小米说完就领着波波转身离开了。

第二天是小米原本计划离开旅馆的日子，但为了安置好这只可爱的小狗，小米决定干脆留在旅馆打工一段时间。

看来她是打定了主意要让秦志伟收养波波，为此不惜打起了持久战，还拿着宠物医生的检查证明，公然将波波带到了旅馆里。

事实证明，男人是很难拒绝美女的请求的，而美女的善良请求更是令人无法拒绝。于是，秦志伟眼睁睁看着波波嫩粉色的小窝，安在了自己沙发一端的角落里，眼睁睁看着它和小米公然霸占了他舒适的沙发、深邃的书籍甚至是美味的零食。

好在小米手脚麻利，旅馆的事情她上手很快，而波波也是一只比较讲卫生的小狗，所以一时间两人一狗保持相安无事的状态。

小米在旅馆里逗留了三个多月，这一百多天朝夕相处的日子让秦志伟已经习惯了她和波波的存在，甚至忘记了她终究只是他生命中的一位远方来客，早晚会迎来分别的时刻。秦志伟还一度把旅馆完全托付给小米，自己一个人跑出去好好游荡了一阵子。

直到天气令人感觉闷热，小米突然来跟他辞行。

那天晚上，明月悬空，群星璀璨，委实不适合倾诉离愁别绪。秦志伟躺在店门外的一张躺椅上，优哉游哉地仰望着浩瀚星空放任思绪任意而行，波波正乖巧地蹲坐在他的脚边，忠诚地履行着警卫员的职责。

一阵脚步声传来，有人走到旁边的躺椅上跟他一样仰望起了星空。从波波一如既往的安静状态中，很容易判断出来的人肯定是小米。

这小妮子，一贯喜欢模仿秦志伟，他早已经见怪不怪了。

星月的光辉给无尽的黑夜镀上了一层淡淡的亮色，凉爽舒适的微风，带着一股旅馆沐浴露所特有的香味拂过秦志伟的全身。迷迷糊糊之间，他听到小米小声说："志伟，我明天就要走了。"

小米原本就不属于这里，她只是一个来自远方的游客，她早晚都要离开这里。这是秦志伟从小米一开始来到店里就非常清楚的事情。

可是，此时听见她要离开的消息，秦志伟还是感到有些难过。三个多月的朝夕相处，秦志伟想自己大概是已经习惯了小米的存在，就如同他已经发自内心地认可了波波一样。

长久的生活经验教会他，人生的每一次相遇都是为了最终的别离，所以秦志伟既不会出言挽留，也不想故作无谓的惺惺之态，他干脆选择继续装睡。

其实很多时候秦志伟挺懦弱的，习惯用逃避的方式假装解决眼前的问题。

"其实，我挺舍不得离开这里、离开你和波波的。

你知道吗？这其实是我人生第一次独自外出旅行，是我好不容易才跟父母争取到的独立机会。从小到大，我一直按照父母的安排过着乖乖女的生活，做着父母眼中的好女儿、老师眼中的好学生。可是我不是没有感觉，我不是没有思维的人偶，我的生命不应该任由他们做主来安排。我需要与这个世界产生真正的联系，我需要找到属于自己的存在感。好不容易等到大学毕业，父母又帮我安排好了一份看起来轻松又体面的工作，可是那种一眼可以看到尽头的日子让我深恶痛绝，我想要尝试各种不同的工作和生活，我想要丰富多彩的人生。父母不理解我为什么放着安逸的日子不过非要自己跑到外面去吃苦，我也不接受父母呆板枯燥的人生态度，我们曾经在很长一段时间里争执难分高下，彼此势同水火。后来我一气之下，干脆从家里偷跑了出来，开始了边旅行边打工的生活。

“这大半年的时间里，我其实走过了不少地方，也看到了不同的风景和不同的生活。为了挣旅费，我派发过传单，干过超市促销员、餐厅小时工、家政服务员……一路上既遇到不少像你这样的好人，也遇到了一些无比讨厌的坏人。哭过笑过，偶尔也后悔想要退缩过，但更多的时候我蛮快乐的，尤其是跟你和波波在一起的这三个月，是我旅途中最幸福的时光。

“其实从遇到你的第一天起，我就知道你是个大好人。你不知道，你低头害羞脸红的样子，实在是够呆的，所以我才会忍不住想要欺负你，还强迫你收养波波。不过，波波真的很可爱是吧？你现在也跟我一样喜欢它了吧？我知道你一个人守着这家旅馆其实挺孤独的，还好以后有波波陪着你。你要照顾好自己，也要照顾好波波，绝对不许趁我不在欺负它哦！我一定会回来看你和波波的。

“志伟，对不起，我不能再留在这里陪你了。尽管我还不知道究竟什么才是我内心真正想要的生活，但是我必须继续向前寻找。志伟，我会一直想念你和波波的。”

说到最后，小米哽咽起来，秦志伟的眼角也染上了一层凉意。

秦志伟知道自己其实是有些喜欢这个俏丽的姑娘的，如果此刻挽留她拥抱她，或许她就能改变心意留下来。可是，秦志伟是个洁身自好的男人，他不愿意跟她玩这种暧昧的感情游戏，所以，他还是什么也没说，什么也没做，装睡到底。

第二天，秦志伟如同往常一般起床下楼，看见小米房间的钥匙正躺在桌子的正中央。他环顾四周，耀眼的阳光从被小米擦拭得干干净净的落地窗照射进来，波波正趴在地上懒洋洋地摇晃着尾巴。一切似乎都还保持着昨天的样子，只是小米已经离开了他。

后来，秦志伟陆陆续续收到了一些小米寄来的明信片和凌乱的只言片语，并借此跟随着她的足迹，领略了大好河山，也看到了许多别样的生活。

有一天，小米走进了一个风景秀美交通闭塞的山村，并留在那里支教半年，当起了孩子王。后来有感于贫困儿童们的生活、教育现状，小米又回到城市奔波忙起了募捐事宜，帮孩子们筹集生活用品和书籍。

秦志伟还被她狠狠敲过好几次竹杠，贡献了不少钱财。

再后来，小米在一次募捐活动的过程中，认识了一个志同道合的男人，两个人一起建立基金会，投身到了振兴下一代教育这项伟大事业中来。

小米最后一次跟秦志伟联系，是寄来了一张她的结婚照。照片上的小米一身白纱裙，正一脸幸福地微笑着依偎在一个男人身上。

秦志伟突然觉得手里的照片有些刺眼，随手把它反扣在桌面上，发现在照片背面的右下角处，还有小米写的两行字。

志伟，我已经找到了真正属于自己的幸福。

谢谢你！愿你也能如我这般幸福！

秦志伟知道，追逐彩虹的人才能拥有七彩的人生。小米就犹如一轮光芒四射的初升红日，始终坚定地朝着自己理想的方向飞翔。她热烈地感受着生活中的那些人和事，也用自己的光和热，温暖了他人的孤独灵魂。

小米走过很多地方，也遇到了很多人，最终找到了自己命定的人生。而秦志伟既缺乏勇气，也不够有魄力，只能暮霭沉沉地独自守着一家小店，无望地被动地等待属于自己的爱情。

所以，小米注定要飞向远方，而秦志伟只能在她背后遥望祝福，遥望着天边的那道绚丽彩虹。

■ 我的梦想我做主（作者：于杨）

每个人的心中都有一个遥不可及的梦想，我们把这个梦想叫作信仰，它支撑着人们向前走，也会成为人们人生的指路灯，引领人们走向属于自己人生的港湾。我们都是独立的个人，梦想也是如此，自己的梦想自己做主，只要有胆量，就去行动吧！

在我身边有这样一个人，从小到大，她都像偶像一样令我佩服，她就是那个“别人家的孩子”。

她叫薇薇，是我们大家眼中的学霸，是教科书一样的人物。薇薇的父母都是大学里的教授，老来得女，格外珍惜，他们把薇薇培养成了一个非常优秀的孩子，薇薇不仅是班级里数一数二的好学生，在全校也一直保持着前五名的好成绩。

就是这样的一个有着严格家教的孩子，却在大学选专业这件事上违背了父母的意愿，不顾父母的反对，选择了自己喜欢的音乐专业。

父母给她做思想工作。父母深知音乐专业就业面很窄，他们花了那么多心血，就是希望薇薇以后能有一个稳定的工作。可是薇薇一门心思地想要走音乐这条路，还瞒着父母，偷偷地改了高考志愿。

薇薇以优异的文化课成绩考进音乐学院，大学生活就此开始了。

“薇薇，你太令我太失望了。既然你的大学生活开始了，妈妈只希望你学业有成。自己保重吧。”

开学时，妈妈并没有来学校送薇薇，而是让薇薇一个人去学校报到。薇薇一个人独立习惯了，并没有觉得有什么不妥，虽然妈妈很生气，但只能祝福自己的女儿。

“薇薇，你真的是太棒了，竟然去学了音乐专业，我也很喜欢音乐，却没有你勇敢。你要加油啊！”这是在薇薇的朋友圈里，薇薇发的那句“我的梦想，我做主”和一张学校的照片下的评论，这令薇薇觉得很温暖。

虽然薇薇的生活一直是大家所羡慕的，但其中的心酸只有她自己知道。梦想很美好，能力却很有限，只有让自己保持积极的状态，才会离梦想近一些。

薇薇大学四年并不算顺利，因为她不是一个专业的艺术生，每天上课都像是在听天书一样，但她并没有后悔。

每天她都会很早起床，去楼顶练声；面对专业课，她会比任何人都认真地听讲并做笔记，课下也会积极地复习；因为没有学习过钢琴，所以她每天都在琴房练很久，直到被管理员赶走……

我的梦想我做主，但实现梦想要付出代价，也需要努力。还好薇薇学习能力很强，一直保持着学习的好习惯，成绩稳步提升。

时间飞逝，转眼已经大四的薇薇，面临着就业的选择。身边的人不少已经出去找工作，甚至一些和她一样专业的同学在最后关头选择了转行。

“薇薇，你以后要干吗？做音乐，还是做别的事情？”这个问题难住了薇薇，看到身边的人各寻出路，想起当初为什么会选择音乐专业，薇薇顿时觉得很迷茫。难道大家都是心甘情愿转行的吗？当初的梦想呢，难道就这样不值钱吗？

“现在我还不知道，先顺利毕业吧，以后谁也说不准。”薇薇在宿舍里，一个人打开了手机，翻到了四年前的那条朋友圈，再次看到那些鼓励她的字眼。薇薇明白，自己不能辜负这一路的付出，她要为自己的梦想埋单，不能这样抛弃它，毕竟已经坚持了四年，也努力那么久，未来一定要朝着这个方面继续努力。

那一年，薇薇顺利毕业了。

刚出学校，一个音乐专业的应届毕业生，的确没有什么用人单位会选择她。薇薇想，换一座城市或许会有所不同，于是她转战到了北京，从此北京又多了一位追梦的人。薇薇的父母都劝她回家去考公务员，既有稳定的工资以后的生活也有保障，可薇薇不以为然，固执地选择一个人在北京租了地下室，并开始了自己的追梦生活。

一个女孩子在北京单打独斗是很苦的。

刚开始，薇薇只能去做兼职，教小朋友们弹钢琴，赚一些零用钱。其实薇薇很想成为一名录音师，喜欢唱歌的她，始终觉得录音棚是一个很神圣的地方。但她学的并不是录音专业，而音乐和录音这两个专业看似雷同，其中的门道却差距很大，为此，薇薇赚钱买一些录音设备，自己录音，通过自学熟练地掌握了这些专业器材的运用方法。

幸好这一路上认识了一些酒吧歌手，大家互相交流经验，薇薇一时进步很大。薇薇因为一个朋友的引荐，认识了现在的合作伙伴。她是一个音乐人，刚好看中了薇薇的专业能力，介绍她来自己的录音棚工作。终于，薇薇如愿以偿地成为了一名录音师。虽然这条路坎坷，但从当初接触音乐开始，薇薇就坚定了决心。

薇薇知道录音师很枯燥，没有想象中的那么容易，为了学到更多知识，她常常去音乐学院旁听录音课，回来后苦练，录音技术越来越强。而后，薇薇学习后期制作，朝着独立音乐人的方向进发。

或许是因为真的很喜欢音乐，真正踏入这一行之后，她把大部分时间花在专业学习和研究上，甚至会忘记吃饭、睡觉。她把每个音符都当作自己的孩子，并用全部的爱去呵护它们。

当一个人为了梦想努力的时候，总会有那种拼命汲取的模样，薇薇的认真和努力，大家有目共睹。梦想这条路，薇薇刚开始起步，但她坚信自己会坚持下去，并随着时间的推移，实现心中最初的那个梦想。

一天，薇薇接到了妈妈的电话。

“薇薇，你回来一趟吧，爸妈有很重要的事情想和你说。”虽然不知道发生了什么事，但想着一年多没有回家了，该回去看看父母，她第二天便请假坐飞机回家了。

回到家以后，薇薇看到父母的表情很是严肃，像是要宣布什么大事，空气中似乎弥漫着些许硝烟。

“薇薇，你可以放弃你的梦想吗？或者说，你可以换一个工作吗？”

“妈妈，为什么突然这么说？你知道的，不管你们如何想，走音乐这条路我是不会改变的。”薇薇语气坚定，超出了妈妈的想象。

事实上，薇薇的妈妈已经给她找到了一份大学教师的工作，妈妈希望她考虑一下回来就职，这样离家近，一家三口时不时可以聚聚，有个照应。

可薇薇根本不喜欢教师这个工作。她并没有生气，她知道父母很为难，也知道他们的心意，但当现实与梦想产生冲突时，薇薇义无反顾地选择了梦想。在她的心中，梦想不允许被更改，这是她心的方向，不容许轻易被背叛。薇薇坦诚地同父母讲了许多心里话，最终没有采纳他们的建议。

薇薇虽然没有遵从父母的意愿，但在家里待了几天，想为父母做些什么，希望他们可以为此感到舒心。薇薇的父母每天去上班，她都会在家做好饭菜，等他们回来一起吃。薇薇的父母后来想通了，看到她的独立能力越来越强，想着她其实已然长大成人，他们的想法不能强加给她，因而他们再没有提起工作的事情。

在家住了几天后，因为工作，薇薇不得不飞回北京。临走前，薇薇的父母偷偷给她塞了几千块钱。到工作室后，薇薇才发现自己的包里多了一张银行卡和一些现金，她知道这些一定是父母留给她的。

“薇薇，你安心地在北京做音乐吧，希望有一天我可以听见你更多的作品。”这是薇薇到北京后打开手机，妈妈发给她的短消息。当她看到这句话时，长舒了一口气，终于，父母对她的梦想做出了支持的决定，这对于薇薇而言便是莫大的鼓励。她干劲十足，朝着梦想前进的步履更加坚定自信。

终于，功夫不负有心人，薇薇在工作后的第三年，作品在各大音乐软件上线，在音乐圈小有名气。当她接受采访时，保持着当初谦逊虚心的模样。

薇薇是一个很要强的人，面对梦想也一样，有自己的看法。从小到大，她养成了坚毅的好品质，这在工作中帮了她不少忙。面对一些负面的影响，薇薇有自己的消化能力，她从来不会受到负面的影响，尽管一路走来受到很多人的反对、排挤甚至打击，她也从未在意。因为她知道，总有一天，那些看不起她的人，会因为她的努力而对她刮目相看，只要她心无旁骛地做好自己，实现梦想指日可待。

在回答记者的问题时，她说了这样一句话："有梦想，要自己做主，即便没有人可以帮你，只要你朝着心中的方向一直努力着，也可以看见未来的曙光。我希望每个人都可以勇敢地去追逐自己的梦想，而不是把梦想小心翼翼地藏起来。"

实现梦想的过程中，难免会遇见很多的问题，薇薇的态度是保持冷静，一一去解决，扫除那些令人心烦的绊脚石后，梦想的旗帜就会真正握紧在自己手中。

希望每个人都可以做自己梦想的主人，用心去聆听自己的心声，并努力地朝着梦想的方向前行。相信终有一天，最初的梦想会让你成为众不同的骄傲。

■ 现实和梦想（作者：陈屿）

阳光下的阴影也该被看到，想要的和所得到的，终究会是一样的。不被理解的追求被称作执迷不悟，在梦里你扮演的是什么角色？是逐梦的勇士，还是停下步伐的懦夫？

我有个朋友很喜欢写作，少年时期就获得不少荣誉。文字的技巧、语法规则，他无一不精通，创作一气呵成，不像我这样磕磕绊绊，写下几个字来便思路堵塞。我常常因此而泄气不已，和他谈起这个烦恼时，他却大笑起来，说这并不是什么大事。

我听后反而生气了，感觉自己被小看了，说道："对你来说当然不是什么大事，对我来说可是大问题啊。"

他摇头，拍拍我的肩，指着自己说："我以前比你还差劲呢！你认识我的时候，是我刚刚走上正途的时候，你知道那之前我是如何坚持到我们认识的？"

我听着，突然好奇，问他："我以为你是属于天才行列的人呢，毕竟你拿过那么多奖，在我看来你简直就是一个全身都在发光的存在。"

他顿了一下，仿佛在整理思绪，然后满脸认真地对我说："你啊，千万不要因为现在眼前的这么一点困难就放弃，世界上能够坚持努力的人太少了，我不想再失去一个。"

紧接着，他跟我说了自己的经历，并告诉我，想要登上新的阶梯，就必须学会弯腰。这不是屈辱的姿态，适当地低头，是为了做好冲刺的准备。

这个我认为是天才的人，其实小时候语文成绩很差，对字句语法感到十分厌烦，觉得它们复杂而枯燥，只有对课文里有趣的内容不会感到讨厌。此外，由于他不认真，老师并不看好他写作，甚至批评他浮躁。

他明白，如果因为不被认可就放弃自己喜欢的东西，可能会遗憾终生，所以在他的字典里，“放弃”两个字被排在了最后面。

他喜欢记录生活的小细节，会自觉地写日记，看到一些美妙的句子会摘抄在本子上。他乐在其中，用喜欢的方式写着自己喜欢的东西。当时他的家境平凡，如果不好好学习，他可能会面临中途被迫辍学的情况，毕竟居住在农村的家庭，对他提出的要求是成绩达到优秀，为此，他只好忍住烦闷的情绪，进行枯燥单调的语法训练。

老师看到了这个孩子的变化，也感受到了他情绪的不平稳，于是私底下找他谈了谈。老师其实从未放弃过他，看他的文章时，会把可圈可点的地方记下来，只是他的抵触心理太过强烈，屏蔽了来自老师的指点和鼓励。

一场推心置腹的谈心下来，他才发现原来老师同他此前判定的形象很不一样，随后，他对于语文课的态度不知不觉地发生了变化，心态的不同让他有了此前从未有过的写作欲望。

理想就是动力，加强语法技巧训练后，他把学到的东西以自己喜欢的方式表达出来，生动的文字从他的笔下倾洒出来，他顿时觉得浑身舒畅，原来有些情境可以用更加美好的语句来描绘和表达。

他觉得自己之前就像是一个心高气傲的人，以为自己说的是正确的，别人说什么都是错误的，根本没把其中的奇妙放在眼里，直到有一天被现实逼迫着去面对，他才看到真正丰富的世界。

他把这件事看作是一次收获，并以此为人生准则。

或许每个人心里都有自己的梦想，年轻时也满腔热血地敢于往前冲，但很多时候，来自环境的压力会改变我们最初的想法。因为所谓的改变，有的人选择了放弃。

我感慨着他的聪敏，明白了一些道理。如果我们认为自己做的事是正确的，就大胆去做，不要怕犯错和指责。要知道，没有人告诉我们不足和缺陷，我们就无法继续进步。我们不能缺失勇气，不能没有理想，更不能认输。

为梦想我们可以拼搏奋进，只有突破困难，才能获得成功。

如果不放弃，被嘲笑的梦想终究会迎来实现的那天，让心怀梦想的那个人得到命运的馈赠。梦想让我们不断向前，梦想是前进的动力，所以别骗自己了，梦想从来不输现实，有时候只是你退缩了。

世界上最愉悦的事，莫过于为理想奋斗。梦想 vs 现实，你心底的答案是什么？请坚信，任何付出都会得到回报，无论何时，梦想都是高举在前方不灭的那盏明灯。

■ 梦想在前，请不要怀疑（作者：熊探）

这个世界是矛盾的。就像我们做某件事的时候，会得到肯定，也会得到质疑。得到肯定，会加强我们的信心，而否定，会让我们自我怀疑，这个时候，就需要我们自己调节好情绪，告诉自己：我能行。

张泽出生在郊区，那里是车水马龙和田园耕作的交界处。向北走可以走进一座繁华的城市，向南走，看到的则是村民披着大头巾，踩在泥土上种地的辛劳光景。张泽的同伴将北边的人叫作城市人，将南边的人叫作乡下人，将自己叫作“非城镇”。而张泽，没有那么多的概念，对他来说，哪里的人都一样，都可以拥有自己的生活和人生。

张泽当年选择中学的时候，因为受到区域的影响，要在自己家门口的一所中学上学。那所中学很乱，因为进那所学校的人，都是大家认为爱打架的、爱撒谎的、爱惹事儿的人，无论是男孩儿还是女孩儿，都是这样的。张泽也成为了其中的一员。

“今天不上课了，咱们去网吧。”李烁拉着张泽就走，但是张泽拽住了他。

“我不去，我要上课。”

“上什么课啊，现在还有谁上课？别忘了，咱们可是混的！”

“混的？”

“别人都这么说。”

张泽什么也没说，打开书开始复习。李烁努努嘴，一溜烟跑了。

“张泽，不是我说你，这所学校，连老师都看不上咱们！”

“谁说的？”

“都这么说啊！”

张泽摇摇头，继续看书。

初中三年，张泽年年都是年级第一。但是对于他的同学们来说，学习好和学习差并没有什么差别。

中考的时候，张泽成为了那所学校唯一一个考上当地重点高中的人，也是这么多年以来唯一的一个，当时大家真的惊呆了。

“张泽还真行，嘿嘿。”李烁拿着自己的毕业证，讪讪地说。

高中三年，张泽班里的人都太厉害了。张泽虽然是初中时学校的第一名，却是这个班的倒数第一名。

“张泽，你能考上就不错了，不用太努力了，这样就不错了。”张泽曾经的同学和父母都这样说。

“我知道你们在为我解压，但是我可以的。”张泽从那时候开始，没日没夜地看书。别人叫他玩，他不去，连参加姐姐的婚礼，他都带着一本书。

“这次期末考试，张泽同学名次上升了十位，是咱们班的进步之星。”

“这次月考，张泽同学名次上升了十二位，是咱们班的进步之星。”

两次考试之后，班里有的同学坐不住了：“牛什么牛，不就是得个进步奖吗？白给我都不要，我嫌丢脸。”

等到期末考试的时候，张泽考到了班级的第三名。那个时候，班里面没有一个人再说嫌弃的话，通通闭上了嘴。

后来，张泽身边多了很多向他请教的同学。再后来，张泽开始面临文理分科的问题。

“张泽，你的弱项是文科，所以，高二分班的时候，你可以考虑一下选理科。毕竟，招收理科学生的院校多，考一所好大学才是最重要的。”老师为张泽打算。

“我还是比较喜欢文科。”张泽喃喃地说，“我再试试。”

于是，在操场上、楼道里，常常有张泽一边转悠一边背书的身影。

高一的最后一次考试，张泽的成绩提高了五个名次。原因是他的文科成绩得到了提高，特别是历史，他是年级的历史第一名。

张泽的班主任是个很温和的老太太，她关心学生的成长胜过关心他们的成绩，她尤为关心张泽。

“张泽，你太努力了，休息一下，要不然身体会累垮的。趁着过节，出门玩几天吧，要不脑袋你都转不动了。”

“老师，我会调节好的。”张泽就这样，一面读书，一面锻炼身体。早上跑步的时候，他听英语；晚上吃着水果，他想着理论知识。

张泽考上了一所很普通的二本院校。老师给他的建议是复读：“本科对于一个人来说，其实是非常重要的，所以我建议你好好考虑一下。”但是张泽拒绝了，他说：“老师，这只是开始，我会坚持下去，让一切变得更好。”

大学更加广阔，那里汇聚了全国各地各式各样的人。他们有的聪明，有的多才，有的稳重，有的活泼，各具特色。

“张泽，你会唱歌、跳舞还是书法？”

“我什么都没有学过。”

“那……你的大学生活恐怕不会色彩斑斓吧？”

这么说着，这个同学便同其他人出去玩了。

大学的那段日子里，张泽没有打游戏，没有追剧，也没有参加各种局。

“张泽，你知道游戏任务怎么选吗？”

“不知道。”

“张泽，你知道这部电影的结尾吗？”

“不知道。”

“张泽，你知道学生会的某某某吗？”

“不知道。”

“哎，张泽，你可真没趣。”

期末考试，张泽是专业课的第一名。

“就是个书呆子罢了，大学生活应该是多彩的，他这样的就是浪费青春，毕业了什么都不会。”

可是不久，大家便改变了对张泽的看法。

那是在月中的研讨会上，张泽的一个项目成为了全校的重点项目。张泽将新科技和现实生活中的点点滴滴联系起来，开发了一项小技术。大家头一次知道，那个文科生居然还懂数理化。

也正是因为这个项目，一家 AI 企业向他伸出了橄榄枝，学校甚至破格收他为研究生，但是张泽拒绝了。

“张泽，无论是那家企业还是本校的研究生，都是我们求之不得的啊！”

“嗯，但是我更喜欢写写东西，这些不是我想要的。”

“你可以先做着啊！怎么这么顽固啊？”

张泽笑了笑，什么也没说。

毕业的前一个礼拜，他的一本书出版了。虽然并没有收获很多的读者，但着实让大家吃了一惊。

“张泽，你说，你要是读研或者在那家企业上班，会不会比现在更好？虽然现在你很厉害，但是，你想想啊，出书也是分人的，并不是每个人都是莫言啊。”

张泽笑了笑：“我知道，我还会努力的。”

“哎？你怎么不明白我的意思呢！我就是想，你去上学或者在 AI 企业上班，会比现在更厉害啊！”

张泽没有说什么，依旧不改往日的习惯。

张泽就这样毕业了。他应聘了一家小公司的编辑职位，一个月工资只有两千多块钱，而那个时候，班里不起眼的同学，有的已经每个月挣小一万块钱了。

“张泽，你现在还在写书吗？”

“在写书，就是退稿退得有些厉害。”

“张泽，你说说你，当初要是……哎，要不你来我所在的公司上班吧，不累，还能拿提成。”

“不好意思，我不太想去。”

“张泽……”

两年以后。

“张泽，你还在写书吗？我跟你说啊，我给你推荐一本书，写得真不错，有内容，也有思想，你照着写写啊，没准有提高。”

“书名叫什么啊？”当听完书名之后，对方等了好久，张泽都没回答。

“哎，张泽，你没事儿吧？别伤心，人家写得好，你也加把劲儿。你要是不想做了，可以去找别的工作啊。话说，那谁的工作真不错，你……”

“那本书是我写的。”

“什么？！”

“不过我用的是笔名。”

话筒里传来了张泽自豪的笑声……

从那以后，无论张泽在做什么，我们都没有质疑他。因为我们懂得了，原来一直以来，我们最应该质疑的就是自己：为什么不相信自己，不相信未来？

现实社会中，像张泽这样的人很多，我们说他们固执，说他们不懂得变通，说他们一意孤行，甚至叫他们“疯子”。但是，“疯子”有着我们所没有的品质。他们相信自己，也相信未来，他们不惧困难，也不惧流言。与他们相比，自以为是的我们，是不是该好好地反省一下呢？

你的一生中，有什么事情很想做，但是因为家人或者朋友的一句“不行”就放弃了呢？要不是因为你赞同了质疑，现在的你，可能是一名画家、诗人、摄影师，而不是像现在这样，安安稳稳地坐在办公室里，喝喝茶、聊聊天，也不是像现在这样顶着骄阳，跑了一趟又一趟业务，说了一句又一句好话，都没有人理会。当我们责备别人质疑的时候，是不是也该扪心自问，问问自己做得究竟对不对？

质疑这件事情，是因为自己做不到，就以为别人也做不到，或者因为别人没做到，就以为自己也做不到。这是一种借口，也是一种推脱。

我们最终成为了那个自己看不上的平凡人，这不怪谁，只能怪我们不坚持。最后，我想说的是，不要质疑别人，更不要质疑自己。如果必须面对质疑，请微笑，然后继续坚定地走自己的路，直到抵达自己希望的远方。

当有一天，你攀上了顶峰，请别忘了回头跟自己说声谢谢，谢谢自己一直以来的坚持不懈，谢谢自己没有被外界的流言干扰，谢谢自己跟随内心完成了使命。正是因为有了昨天的你，你才有今天的丰收，今天的丰收将带来未来的精彩！

■ 面对质疑，请保持微笑（作者：于杨）

当我们想让生活不同于别人时，总是会面临许多质疑甚至是流言蜚语。不管此时的心情如何，如果我们能保持微笑，并用自己的实力说话，让时间和现实去证明自己是正确的，那些质疑的人便会对我们刮目相看。

我身边的人都说，蜜糖是个特别疯狂的人，因为她做事从来不按常理出牌，和她一个团队的人也是这样评价她的。

蜜糖今年已经二十八岁，马上“奔三”的她总说，事业就是她的命，是她这一生最重要的东西。蜜糖的生活里除了睡觉、吃饭，就只剩下拼命工作了。

她所在的这个团队能有现在这样的规模，与她费尽心力的努力拼搏密不可分。每当想起当初刚刚成立这个工作室时的艰辛，蜜糖总会由衷地感慨。

蜜糖是我的发小，我们从小一起长大，两家是邻居，而我们也成了无话不说的好朋友。蜜糖大学毕业之后，有了想要组建自己的工作室的想法时，我有幸成了第一个听众和见证者。

蜜糖十分希望我也加入，因为我在大学里主修的是计算机专业，而她学的是服装设计，她对于电脑绘图不甚熟悉，加上当时的我并没有找到合适的工作，经过思量，我便答应了她的邀请，于是我们一起开始了追梦之旅。

虽然蜜糖的这个梦做了很久，但在一开始启动的时候，我们还是有些胆怯。

“你说，我们可以吗？这个工作室不仅前期需要资金投入，后续还有许多费心费力的事务要跟进，我怕时间和精力不足……”蜜糖略带犹豫地跟我聊了起来。

“咱们才刚刚开始，不能说丧气话，要加油，你很专业，要相信自己！”我像打了鸡血一样为她鼓劲。

蜜糖虽没有完全摆脱这份犹豫，但受了我的鼓励，跟着有了干劲。就这样，我们俩互相鼓励着，租一间小房子，把蜜糖家里制衣的工具，还有那些还没来得及上色的画纸，一样样地搬到了工作室。

那时候，两个女生的自主创业比想象中要困难许多，尤其是到了后来，到了谈婚论嫁的年纪时，我和蜜糖都不得不面临事业与生活的取舍，更觉心酸了。

然而，我发现，原来蜜糖是那么执着拼命的人。当她认真地做一件事时，身上流露出的工匠精神着实让人佩服，服装设计师应该有的特质，在蜜糖的身上展露无遗。

其实，我本身也是很喜欢服装设计这个行当的，但毕竟从未接触过绘画，所以更多的时候我作为一个旁观者，对蜜糖设计的服装给予一些用户方的意见，而蜜糖也喜欢我提出意见，因为这样能让她手里的设计更加完善。

服装设计是一个需要创意和耐心的工作，在画纸面前一坐就是几个小时，每次创新都是一次挑战，甚至是一次前所未有的挑战。蜜糖常常因为画服装设计稿而废寝忘食，有时连早上的粥放到了晚上都没喝，这种状态的确让我惊讶之余心生敬佩。

与此同时，我也开始学习一些计算机绘图以及裁剪课程，对于如何完整地剪裁出一件衣服，具体需要哪些步骤，有了更为深入的了解。

就这样，我们在这个出租屋乐此不疲地做着服装设计师的梦。

每当蜜糖把衣服穿在模特身上时，我都会感慨蜜糖的手特别神奇，如此华美的衣服，竟会是在我的身旁完成的。渐渐地，工作室有了自己的品牌，蜜糖也着手做出代表我们品牌的服装，为了宣传我们的品牌，蜜糖主动约各大商家出来见面。经过一番努力，终于有一家大型的服装企业关注我们，并向我们伸出了橄榄枝。

“你可以讲一讲关于这件衣服的故事吗？我很感兴趣。”这家企业的负责人一进门便问道。

“可以的。”蜜糖想了想后讲了起来，但这个故事似乎并没有让这位负责人十分满意。

负责人蹙眉打断了她：“好了，不用再说了。我觉得你们的衣服不太符合现在年轻人的审美，放在大众市场，这样的衣服都是残次品，不仅样子死板，还缺少灵魂。这样的设计无法打动我，恕我直言，我们暂时没有办法合作。”

似乎不论我们怎么解释，都无法博得他的满意与认同，因而到最后，他直接拒绝了这次合作。

蜜糖露出了略显尴尬的笑，送走了负责人后，她一脸严肃道：“我觉得我们应该好好地想一下到底是哪里出了问题，怎样才能做到让客户满意。”

为此，我和蜜糖在工作室整整待了一个下午，一边找问题，一边修改衣服的样式。我们都相信，不管有多难，不管外界对我们如何评价，只要我们不放弃，就一定能成功。

第二天，蜜糖一大早便召集大家开会，并与团队里的其他设计师一起，围绕着到底怎样才能被大众市场认可，同时不失自己品牌独特性反复讨论，反复斟酌。我们会因为工作忘记吃饭，甚至通宵达旦，然而大家乐此不疲，因为我们想要做到更好，用更多的作品告诉那些质疑我们的人，没有选择我们的品牌，一定是他们的损失。

幸运从来不会无缘无故地垂青谁，根据上一次的经验，我们首先和合作商探讨我们的方案，结果并不如我们所愿，我们再一次遭到了拒绝。

记得当时有一个客户嘲笑我们，说了一句令我们现在都还印象深刻的话：“一群没经验的大学生，还想做秀场的品牌，想法太幼稚了。还没有走进这个圈子，你们就想成为这个圈子里的顶尖者，简直痴心妄想。”

听到这些话时，我们就像经历了一场猝不及防的暴风雨，浑身湿漉漉地站在马路中央，不知下一步该走向哪里，一片迷茫。

虽然面对这种质疑，我们不得不去习惯，但我们不能焦躁，不能反驳。其实就像客户说的那样，我们的工作室才刚起步，我们才刚踏入这个圈子，一定要学会谦卑。我们没有任何资本去证明我们是正确的，所有的一切还在摸索中，我们所能做的是保持积极的心态，并努力用作品去证明我们可以做出令人满意的服装。

虽然这一路有太多的质疑，但我们并未就此颓废，而是打起精神，努力制图，认真设计服装样式。

蜜糖会一个人在缝纫机面前，独自完成衣服的缝制工作。她对于衣服的质量要求也越来越严格，亲自把关，不能有一点瑕疵，要求每一针每一线都精准无误，团队的大部分同事受到了她的影响，都拼着一股劲，一起坚持着。每当想起那些质疑，我们就会想要做得更好，总会有一股力量推着我们向前走。

蜜糖是一个工作认真、严谨的人，上次客户的话对她的打击很大，她看似平静，已经调整好自己的状态，但实际上，她的心中憋着一股倔劲，她只是将这股不服输的劲儿，放到了平时的工作上。

一件衣服的设计稿，她会反复修改上百次，所有衣服的布料，她都亲自去采购。她还会召集大家一起开会商讨该如何让一件衣服卖上好价钱。

功夫不负有心人，终于有客户愿意为我们的服装提供赞助，经过商讨，我们最终选择推出一台服装秀来给自己的服装做宣传。

那天，蜜糖看到模特们穿着自己团队设计的衣服，亮相在大众面前，而且台下有非常多时尚界名人和设计师时，有一种雨后见彩虹的感觉。而当我看到蜜糖上台为我们的服装做宣传时，竟然忍不住在台下哭了。

这不是心酸的泪水，而是喜悦的泪水。我们为了这个时刻，虽然付出了太多，但当看到自己的作品得到大家认同的时候，曾经的付出便都值得。曾经的质疑声，现在看来根本不值一提，因为我们早已证明了自己的实力，证明了我们也是能够设计出好的服装的。

“我们一直保持自己的态度，虽然我们还很年轻，还有很长的路要走，但我们已经踏出了最难的那一步，并战胜了自己的心魔，我们的实力也在稳步上升。未来或许会有更多质疑和嘲笑，但我们无所畏惧，希望这个团队会有更多新鲜血液加入，继续发扬不服输的精神，相信我们一定会越来越好。”

这是蜜糖在工作室成立一周年的聚会上对大家说的话，当看到大家的眼神里充满着渴望与期盼时，我坚信我们的工作室会越来越好。想到我们的服装品牌有可能走出国门、走向世界，我就激动。

虽然这个梦想离我们还很遥远，但我们有信心做好。相信我们能够让人们穿上我们设计的、心仪的服装，又不失个人独有的韵味。

当面对质疑时，我们应该脚踏实地努力，找到自己的不足，并一一去改正。没有必要沮丧，也没必要抱怨，因为谁也不能阻止我们前进的脚步。

我们要大步流星地向前走，走出自己的路，让别人相信我们做的是最正确的选择。我们要用自己的微笑和实力去书写精彩绚丽的人生，微笑面对一切，相信未来一定会更好！

■ 有梦的人生才会更精彩（作者：赵悦辉）

梦想精彩纷呈，有时就在你的身边，而你缺少的往往不是机会，而是发现它的眼睛，以及走下去的勇气和信念。

云鹤县是著名的水城，风景秀丽，四面环水。深受风景影响，这里的姑娘都是水灵灵的，气质优雅，端庄秀丽。

云鹤县是米禾的故乡，她的名字也是取自云鹤中“鹤”的谐音，米禾在这里长大成人，综合了父母的优点和环境的优势，从小就是一个性格开朗、活泼可爱的“疯丫头”，虽然像个男孩子一样淘气贪玩，整天在外面玩跳皮筋、打口袋，但是人见人爱。

那时候的米禾还小，对梦想还不是太理解，因此在听到别人问她梦想是什么的时候，她说她希望能够像三毛一样流浪，看没有看过的风景，走没有走过的地方，看海、看山、看树、看水，看悠久的小镇，看古老的城墙，看威严的建筑。世界很大，人很渺小，因此不能永远驻守一方只望一条溪流。

为了这个梦想，米禾与父母达成协议，只要她能考班级第一，假期父母就一定带她去一个地方。父母从小就教育她，做人一定要诚实守信、遵守诺言，因此在学校米禾每天都努力学习，课前认真预习，上课认真听讲，回家认真复习。看着女儿努力的样子，米禾的父母也信守承诺，小学六年时间，米禾去了十二个城市，爬过三次山。

当米禾站在泰山之巅的时候，壮观的景致让她终身难忘，迷雾茫茫，像仙境，扑朔迷离，大气磅礴，虽然她累得气喘吁吁，虽然爬上顶峰实属不易，但是有绝美的体验和感受，所做的一切都是值得的，毕竟，不是每个人都领会过这样的美景。

后来每到一个地方，米禾的父亲都会和她说一段话，这些话都是对她的人生有启迪作用的，所以米禾的人生才会少走许多弯路。

初一，米禾坐在前往旅行目的地的火车上，火车飞速前进，过往风景转眼即逝。米禾的父亲告诉她，旅行不要只单纯地看风景，旅行的时候还要记住：是你先付出了足够的努力，才有今天的收获，如果没有你平时循序渐进的努力，今天你就不会登上这辆列车。任何事情都要先付出，才能得到回报，付出是漫长的，收获也是需要耐心去等待的。

初二，米禾第一次登上泰山山顶的时候，父亲告诉她：你想登上山顶，就必须先从山底出发，走过成千上万级台阶，坐缆车虽然也可以上来，但是那样你就不会珍惜。有时候历经坎坷不是一件坏事，千难万难，挺过去了，你就会觉得其实并没有那么难。

初三，米禾第一次去海南三亚亚龙湾，亚龙湾被誉为东方夏威夷，一望无际、与天相接的海，湛蓝、微波荡漾。米禾一身波西米亚长裙，戴着民族风的长珠项链，光着脚丫，踩在沙滩上，肆意飞舞。米禾的父亲对米禾说，你看这么辽阔的大海，其实它不是一开始就是这样的，它是由一滴滴水汇聚而成的。

到了高中，米禾的父亲告诉她："旅行只能是一个爱好，现在你有我们，我们可以支持你，但是今后父母会变老，没有人能够成为你永远的靠山，所以除了旅行这个梦想，你还要有一个能够支撑你生活和旅行梦想的职业。"因此米禾有了人生中的第二个梦想，她要像妈妈一样成为一名会计师。

真有气质——这是每一个见过米禾妈妈的人都会说的话，而这种气质正是风风火火的米禾所没有的。为了这份气质，米禾给自己定了一个目标，那就是会一门乐器。音乐是最能陶冶人情操的娱乐，能够帮人缓解从内到外的压力，更能让女人变得优雅有气质。

挑选乐器不是一件简单的事情，在乐器行里走来走去，米禾很犹豫，在乐器行待了整整一个下午，在乐器行要打烊的时候决定学习古筝。

有一个梦想很容易，将这个梦想付诸行动却不是一件简单的事情。米禾从来没有学过乐器，对此一窍不通，学校上的音乐课也就是唱唱歌，或者自习。虽然米禾已经十六岁了，但是她不认识五线谱，不知道哆、唻、咪、嗦、啦在哪个位置，用了近一个月时间才把这些弄清楚，做到熟记。

学习古筝也不是一件容易的事情，尤其是和弦，初次学习古筝，即使戴着假指甲，米禾的手还是受了伤，手指头像被纸片划了一下，疼得不行，吃饭都从用筷子变成用勺子和叉子。为了不让父母担心，好几次米禾在夜里一边轻轻地吹着自己贴着创可贴的手指头，一边小声地流眼泪。以前白皙得没有任何伤痕的手指，如今看起来有些苍老，像是常年干农活的妇女的手指那样粗糙。

米禾第一次为自己的梦想动摇，古筝还要不要学下去？

带着这样的疑问，米禾迷迷糊糊地睡着了。第二天清晨，睁开眼，想到昨天晚上自己的摇摆不定，米禾垂下眼帘，突然想到父亲曾经在山顶和自己说的话。“有时候历经坎坷不是一件坏事，千难万难，挺过去了，就会觉得其实并没有那么难。”

是啊！当时她爬山的时候不也是十分艰难，想要放弃吗？后来坚持下去，爬到山顶的时候，她真的觉得没有那么困难，现在学习古筝也是一样的，她要坚持下去。虽然现在手很疼，但是伤口结疤就不会再有那么强烈的疼痛感。她相信终有一天，她会感谢今天的决定，她会发现，其实学古筝和爬山一样，艰难只是一时的，挺过去了，也就没那么难了。

没有彻骨的伤痛，就不会得到成长，两个月的痛苦折磨，米禾总算是挨过了手指的疼痛，经常尝一种痛苦，总有一天会习惯，以前感觉很痛，后来不痛了。

手指不疼了，谱子也认识了，学习古筝也就没那么困难了。

继续学习古筝的同时，米禾没有放弃文化课学习。为了做一名会计师，米禾义无反顾地选择了自己并不擅长的理科。

其实米禾的父亲劝过米禾，如果实在觉得困难，就选择自己擅长的文科，这样对自己也好。可是米禾说，如果现在选择文科，大学就不能选择理科专业了，如果现在选择理科，考大学的时候还能选择文科专业，而且学文没有挑战性，米禾喜欢文科，成绩一直不错，但她真的想像妈妈一样做一个会计师。如果遇到困难就退缩，那么她将永远一事无成。每个人在实现梦想的道路上都会遇到阻碍，只要挺过去了，就可以迎来坦途。

就像米禾说的那样，学理科对她而言是一种挑战，其实米禾的理科思维并不是很好，因此数学、物理、化学、生物都是难以攻克的难题。高三之后，米禾更加担心，第一次模拟考，米禾的物理居然只考了六分，拿到成绩的当天晚上，米禾趴在桌子上哭了好久，是不是她当初的选择真的是错的？是不是她太逞能了？

早就听过梦想很丰满，现实很骨感这句话，为什么她就是不相信呢？为什么她要那么倔强呢？现在她自食其果了。

除了物理成绩不好，她对细胞质、细胞壁也总是弄混，对脱氧核糖核酸和核糖核酸的理解也不是十分透彻，总是记不住它们的区别。可是她不能转回文科班了，如果现在她放弃，就真的没有希望了。对，不能放弃！这是她自己选择的路，必须走下去，不仅要走下去，还得成功地走过这一次。

米禾收起眼泪，继续学习。她做练习题，几乎每节课下课都去老师的办公室问题，一道题至少要做三遍。物理历年的高考试题她反复地做，基础知识背扎实。那一年，米禾过得像十年。

终于挺过了高考，米禾成功进入一所二本学校的会计系。她还像从前那样努力，因屡次取得第一的好成绩而得到学校的全额奖学金，平时勤工俭学，假期的时候，带着钱和简单的行李去那木措、去林芝、去拉萨，在夕阳的海边跳跃，定格最美的倩影，在高海拔的山峰上比“剪刀手”。

旅行一共用了半个月时间。有一种幸福，只要曾经拥有，不必天长地久；有一种感觉，只要经历过一次，便刻骨铭心。

米禾将大学毕业旅行目的地定在西湖，经历高考的痛苦和挣扎，经历古筝的陶冶，米禾俨然已经成为一个亭亭玉立、气质优雅的姑娘。西湖桥上，一个穿着旗袍的女子打着油纸伞，那画面太美，她像从画里走出来的大家闺秀。那笑容中有追逐梦想的喜悦，有获得成长的骄傲。那笑容是热爱生活、有梦想的人才会有的。

时光飞逝催人老，转眼间，米禾已经三十六岁，但是看上去还像是一个刚毕业的大学生。人人都说米禾长得年轻，其实只有米禾知道，她是因为心年轻。因为有梦，她的心中便一直有着希望和期待，每去一个地方，都是一个梦想的实现。因为心里满足，不断行走，不断追求，她才会年轻，人生才会精彩。

有梦想的人生才会更精彩，人生，从来都不能缺少梦想和追求的参与。只要有梦想，脚下的步伐就不会停止，身上的力量就不会用尽，心里就不会绝望。生活也因为有梦而精彩不断！

■ 他们说的，不一定是对的（作者：熊探）

很多人跟我说过，要好好学习，天天向上；也有很多人跟我说过，要努力工作，不要投机取巧；还有很多人跟我说过，不要自以为是，要谦虚谨慎。但是，没有多少人告诉我为什么要这么做。我们在听别人的种种指点的时候，应该问问自己，他们说得到底对不对。

赵玉是个很大气的名字，我本来以为他应该像璞玉一般清澈，让人感觉温润优雅，但实际上，他是一块让人头疼的顽石。

小时候，因为淘气，因为成绩不好，他被老师定义为一个坏孩子，无论是家长还是同学，都习惯性地称他为坏孩子。那个时候，学习好的小孩子喜欢和同样学习好的小孩子一起玩，不会和坏孩子一起玩，不知不觉中，这形成了一种潜在认知。但是赵玉没有这样想，反而“厚着脸皮”和班里的学霸嘻嘻哈哈地笑着闹着。

“我妈妈说了，不让我和坏孩子一起玩。”

“我妈妈没有这么说。走，咱们玩去！”

赵玉拉着体委的胳膊就“飞”了出去，一路上哈哈大笑，没心没肺的样子。

认识赵玉的孩子都叫他“玉米”，很可爱，也很亲切的名字。其实，要不是因为他被冠以“坏孩子”的名号，大家都挺喜欢他。

我对赵玉的印象改变，是从老师让我们每个人讲一个自己身边的小故事开始的。为了这个小故事，大家都很紧张地准备。有的孩子准备了道具，有的孩子配了乐，唯独赵玉没有准备任何东西。

讲故事的那天，大家都很开心，很认真地讲述着发生在自己身边的事情。

“妈妈给我买了一件粉色的小裙子。”

“姥姥为我织了一件漂亮的毛衣。”

“我们一家人去了动物园。”

可是到了赵玉这里的时候，他说：“老师，我没有准备。”

“你为什么没有准备呢？”

“因为我没有时间。”

“这几天你做什么了？”

“我帮我妈妈干活儿……”

老师停了一下子，对赵玉说：“那你就讲讲怎么帮妈妈干活的吧。”

赵玉瞥了一眼讲台下的好朋友，对方只是捂着嘴笑，一副“看你怎么办”的样子。

“我的妈妈每天早上都要起来卖货。哪里有市场，哪里就有她的脚步。因为蔬菜要新鲜，所以她早上三点多就去上货，早上五六点就赶到市场，然后一出摊就是一天。我想，她太辛苦了，我就每天晚上帮妈妈把剩下的菜挑挑拣拣，然后装在车上。早上的时候，妈妈去上货的市场不让三轮车进，我就在门口替她看车。

“有时候我想，为什么这么大的马路上，三轮车这么少啊？怎么就我妈妈一个人骑三轮车啊？为什么别人的妈妈可以穿着高跟鞋送孩子来上学，而我的妈妈却只能穿帆布鞋去脏兮兮的菜市场啊？后来我想明白了，她骑三轮车，是因为想放更多的菜；她不能穿高跟鞋，是因为她太累了……”

班里很多的学生听着听着哭了。“哇！”赵玉刚使眼神的那个好朋友也哭了。他一哭，倒是让我们一下子又都笑了。

我对赵玉的印象一下子改变了。我第一次感觉到，我的朋友、我的老师说得都不对，赵玉其实是一个好孩子。后来，我们成为了同桌，那段时间里，我对他的印象彻底改变了。

我知道，他爱打闹，爱抄作业，爱在课堂上说话，但是他很开朗，并不像我这样容易生气、爱使小性子。我想，在这一点上，我应该向他学习。

再后来，我搬去了别的城市，再听到的关于他的消息是这样的:“哎，赵玉那个孩子真不学好，上完初中就不上学了。”

我不知道发生了什么，但是我知道，肯定不会是赵玉想辍学这么简单。我还来不及分析原因，就被高中繁重的课业压住了。等到我缓过神来的时候，已经拿到大学录取通知书。

我回到家乡，又见到了当初的那群小伙伴，唯独没有看见赵玉。我心里总有些疑问，便向他们询问。

“他已经工作好几年了。”

“哎，别说他了，上完初中就不上学了，从小就不学好。”

我听了之后，总有些失落。我感觉，像他这样孝顺的孩子，为了不辜负母亲的付出，也应该读下去的。边走边这样想着，我突然听见有个人在喊我。我一回头，却没有看见人，便继续往前走了。

“我在这儿呢！”

一个人骑了一辆破旧的摩托车，摩托车的后面放满了各种工具。这个人正是赵玉。

“赵玉！”我意外地喊了出来。

“哈哈，你还记得我啊！我以为大家都把我忘记了呢。”赵玉开怀大笑着，就好像小的时候，“听说你考上大学了！以后就是高才生了！”

“也就那么回事儿吧。”我心虚地摸了摸鼻子。我并没有考上心仪的那所大学，最后不得不服从了调剂。

“你现在放假了吧，可以好好玩儿了！”

“放假两个多月呢，没想好去哪儿玩。对了，别说我了，说说你吧！”

“我啊，上完初中就不上了，出来打工，现在做修理，修汽车、修电器，什么都修。”

“真不错，是个技术活儿。”

“什么啊，瞎弄呗。”

“你为什么不上高中了？”

赵玉没想到我问得这么直接，告诉我：“因为我想养家了，不想让我妈太辛苦。我做学徒的时候一个月可以挣一千多块钱，现在我已经可以挣四五千了。别看我岁数小，但我已经成为别人的师傅了。”

我连连点头，真替他高兴。

回家后，我将遇到他的事和家人说了。妈妈对我说，赵玉很心疼自己的妈妈，上完初中怎么也不愿再上学了，为此，他妈妈把他的胳膊都打肿了，就是拧不过他。

后来，他真的出来工作了，怎么也不让自己的妈妈出去卖菜，说自己能养她。听他妈妈说，刚开始赵玉做工的时候什么也不懂，就是个毛头小子，每天都被师傅骂。以前他总是和同学打架，工作后变得老实了，一声不吭。

每天下班了，赵玉还回家看书，学强电、弱电，后来还考了初级、中级职称。可以说，现在到哪儿他都可以找一个立身安命的工作了。

当我母亲一边讲一边为他的改变感到意外的时候，我却一点儿也不觉得突然，因为我知道，这才是真正的他。

再后来，大学毕业乱投医找工作的我，变得异常焦虑。和我一样大学毕业的同乡们，聚在一起怨天尤人。

“对了，赵玉之前联系过我，说他开了家公司，让我过去帮忙。”

“什么！他开公司？哈哈，还不两天就黄了啊。”

“别说他了，咱们说说那个谁，咱们班的那个学霸，好像也没找到工作啊！”

“人家那是看不上，怎么会是不想找呢？”

“对啊、对啊，说得是。”

人们对于赵玉的印象停留在最初时的模样，而我却明白，是他们太过自负了。

此后，我留在了上学的城市里工作，身边的朋友各奔东西。两年以后，我回到了家乡。赵玉已经将公司开得风生水起。

据说他当初想开一家中介公司，给爸妈这个年纪的人介绍工作、帮助他们支撑生活的时候，很多人其实并不看好。一个修理工开一家这样的公司，能挣到什么钱呢？一连串的疑问随之而来。

可是现在，他们不得不收回自己当初的臆断。以前嘲笑赵玉的人，现在什么也不说了，因为他们的爸爸妈妈都是通过他的公司找着工作的。而长辈们更没有说过赵玉的不是，因为他们的工作就是赵玉帮忙找到的。

从赵玉身上，我懂得很多。这个世界上，对于一个人，不能因为他的一点错误就完全否认他，以偏概全的想法要不得；看一个人，不能只看他一时，也不能只看他做的一件事，而要看他最本真的特质，他所坚持的东西也许并不能被我们看到。

我们从小就被一套固有的、自以为正确的评论标准和准则所影响，可能是金钱，可能是成绩，也可能是各种各样的奖状和成就，大多是硬性条件，忽略了用善良、友爱、孝顺和关怀这些品质去评价和衡量一个人。

长辈告诉我们的成功，往往局限于眼前的得失，固有地将考上大学、找到满意的工作视为成功。在这样的影响下，我们的成长便有了明显的偏好，甚至出现了不完整的人格。

事实上，所谓的“他们说的”，往往不是对的，会让我们在成长中出现不被重视的缺陷。比如，在学习的过程中，我们往往忽略了去珍惜身边的人对我们的关爱；在寻找工作的时候，我们时常没有懂得自己的不足；在评论别人的时候，我们又极易看不到他人的不易……

所以，在学习和工作中，我们更应学会的是懂得什么才是真正的成功，分辨出什么才是真正的对与错，并郑重地告诉自己，无论是对自己的判断还是对别人的评价，都要摒除陈规陋见的影响，加入自己的判断和理解，时刻提醒着自己，很多时候，他们说的，不一定都是对的。

■ 梦想在远方，而你在路上（作者：钟小萌）

梦想最初可能很远，但只要有梦，只要有一颗坚定的追梦之心，你就应该勇敢启程。只要在路上，梦想就会离你越来越近。

L 姑娘这个月第二次进了医院。

听到这个消息的时候，我除了震惊之外，还有一阵心疼。挂了电话，我急匆匆打车去了医院，推开门，看到病床上那张苍白的脸时，整颗心都提到了嗓子眼儿上。

怎么会这样？我想问她，可话到了嘴边，无论如何都说不出口。

这不是明知故问吗？她肯定又是工作忙通宵，不按时吃饭，低血糖，压力大，然后昏倒了。上一次我来看她，她就是这样的情况。真不知道，她一个刚毕业不到两年的职场小透明，为什么要这么拼，这样不爱惜自己的身体。

看到我站在病床边，一脸责备，L有些苍白的脸上染了一层淡淡的红晕。

她不好意思地笑笑：“抱歉，姐，又要麻烦你了。”

“说这么多，岂不是见外了？”看着L，我无声地叹了口气。想到她小小的身体竟然承受这么多，我一时之间竟然不知道该说点什么好。

L是我公司的代理记账会计，她就职于与我合作的会计事务所，每个月负责给我公司记账。我和她见面的次数并不多，但因为两个人年纪相仿，加上私下里也经常聊天，我们渐渐地成了无话不谈的朋友。

L因为家里条件不是很好，毕业之后并没有像我身边很多朋友一样，在工作和生活上受到家人的帮助。她现在所得到的一切，都是通过她的辛苦努力换来的。

因为知道她的情况，我总会在生活中帮助她。

我知道她希望通过自己的努力，过得更好，也让她的爸妈的生活更好。面对这样一个大写的“励志girl（女孩）”，我除了心疼之外，能对她说出什么责怪的话呢？

我陪着L在医院休息了半天之后，便在医生的嘱托下拿了药，然后办理了出院手续，之后我打车陪着L回了她的出租屋。

房间很小、很黑，背阴，常年见不到阳光，又因为是一楼，地上总是潮湿的，房间里散发着淡淡的霉味。

见我用手揉了揉鼻子，L的脸上有些尴尬，但她什么都没说。对于这样的情况，她早就习惯了。反倒是我，大学毕业之后一直和爸妈住在一起，从没有体会过独自租房，以微薄薪水来维持生计的辛苦，因此每次来找L，我都会不太适应地揉鼻子。而对于我的动作，她早已见怪不怪了。

刚在床边坐好，我就看到了堆在床头的厚厚一摞文件，不用猜，这肯定就是她昨天晚上通宵不睡觉在做的工作。一想到就是这堆乱七八糟的废纸害得L今天入了医院，我就生气，伸手拿过来想要看个究竟。

结果，除了一堆又一堆数字之外，我什么都看不懂，也不知道这是什么报表。果然“道不同”，那些汉字和数字每个我都认识，但组合在一起，我就什么都不认识了。

翻了翻之后，我就彻底失了兴趣。正准备放回去时，在那堆文件最下面，我意外发现了一个薄薄的本子，翻开看了一眼，竟然发现了 L 的小秘密。

我有些尴尬地将本子合起来，刚想放回原来的位置，去厨房烧水吃药的 L 恰好端着水杯走了回来，面对我的小动作，她笑得坦然。

“小萌姐，你看到了？”她一边从药盒里拿出药片放进口中，一边仰头喝水，费力地将几粒药片全部吞咽之后才放下水杯，走到我身边，拿起那个本子，随意地翻起来。

“你觉得我写得怎么样？”她对着我笑笑。

我有些窘迫，不好意思地摇了摇头：“抱歉，我没有仔细看。”那毕竟是她的隐私。

虽如此回答，但事实上我注意到，那个本子里写的是一个故事，准确来说，应该是一部言情小说的故事大纲以及开篇。

我无论如何都没有想过，会计出身的L，竟然在偷偷地写小说。她竟然还藏着我不知道的文学梦。

L对我说，在认识我之前，她确实以为自己这一辈子会做一个普普通通的会计，每天都和数字、报表打交道。自从她在高中时听从老师的建议、父母的安排，选择了理科之后，就再不敢去做儿时曾有的作家梦。因为她觉得，那离她太过遥远。

高中繁重的课业压得她快喘不过来气，那被她亲手断送掉的梦想，何以为继？就这样，她和作家梦渐行渐远，甚至想都不敢去想将来是否还可以写文章，是否能够成为作家。大学毕业后，她凭借大学时期的优异成绩，成功地进入会计事务所，成为了一名会计。

生活中的她，继续每天和报表、数字打交道。虽然单调，但过得还不错。她总是觉得，如果就这样过下去，生活似乎缺少了些激情。可究竟要如何改变，毫无头绪。

直到她遇到我。

她说，自从知道我的工作是编辑，知道我也曾高中读理科，大学学习商务专业，但在大学期间，我凭着自己的兴趣，每天坚持写作，甚至凭着自己的一股韧劲儿，硬是在大三的功课之余自学编辑专业知识，并参加考试，成功取得了编辑职业等级证书，毕业之后转行做了自己理想的工作之后，她便暗暗下决心，完成儿时曾有的文学梦。

她说，她今天会累到晕倒，并不完全是为了工作，还因为昨天熬夜思考故事大纲，后来虽然睡着了，但睡得并不踏实，脑子里一直有很多故事在盘桓，最后她实在忍不住，便醒了过来，然后随手拿过本子，便在那上面完善大纲，甚至写下小说的开篇。

她说，她想将自己的所思所想写出来，然后将故事讲给众人听。而现在，她正在为了这个梦想不懈努力。

我虽然不知道L的故事写得如何，也不知道L会写一个怎样的故事，但我相信，只要她能够凭着这股劲头，并且永不放弃，她终究会成功。越努力越幸运，上天会善待每一个努力的姑娘。

和L一样年轻有梦想的人还有很多，冰就是让我不禁对他竖起大拇指的另一位朋友。

我和冰是小学同学，初中毕业之后，冰因为学习成绩一般，只能读中专。在我还按照人生的既定轨道，一点一点地按时上学、放学时，他已经毕业并开始工作。

他学的是动漫设计，毕业之后，先是在一些小企业工作了一段时间，后来辗转到了大连。对于一个十八九岁的年轻人来说，冰独自在大连闯荡的那些年，算是受尽了苦楚。

八九个年轻人窝在一间小宿舍，为了省钱，每天早上基本都不吃饭，中午和公司同事一起吃公司食堂，到了晚上，再一群人买一点菜回去做饭。身为男孩子的冰，本来是不会做饭的，但为了生活，他不得不“洗手作羹汤”。

在冰努力为了生活而拼搏的时候，我却坐在教室里，一脸不耐烦地听老师唠叨，甚至“必修课选逃，选修课必逃”，乐此不疲。

现在想想，我真是身在福中不知福。那时候我对于其他人所说的“学校时光是最美好的”这句话，根本不能理解，甚至一度觉得他们是站着说话不腰疼。直到毕业进入了社会，我才明白生活诚不我欺。朋友，也从没骗过我。

大一结束的那年暑假，我从学校回家，曾在大连见过冰一次。他和我记忆中的样子有了很大不同。他再不是曾经那个面容白皙，脸上一笑就带着两个浅浅酒窝的少年，而是被生活磨平了棱角，身上也多了一些沧桑感的青年人。

他特意请我去了一家比较高档的自助餐厅吃饭。他说，如果是几年前，他可请不起我，但如今，这么点钱，他还是舍得花的。

一边吃饭，他一边询问我的近况。我本来不想多说，但见他感兴趣，就简单聊了一些大学里的趣事，听着我的叙述，冰格外认真地笑着。

“真好。”

这是他听完我的故事后，说的唯一一句话，短短的两个字，道尽了多少辛酸？

那时候我并不知道，冰正在为自考而努力，也不知道他每天会为了多学习一会儿而看书看到凌晨两点钟，第二天又得精神饱满地为了生活而努力工作。

一年后，当我终于明白了我也有自己想要的未来，懂得努力学习，积极在自习室准备编辑等级考试的时候，许久没有响动的 QQ 突然响了一下。是冰给我留言，他说自己终于考上了大学。

那一刻不震惊是不可能的，我整个人都愣在了那里，但我反应过来之后，又为他感到高兴。我连忙放下书本，走出自习室，打电话过去恭喜他。在接到我的电话的一瞬间，那个坚强的大男孩哭得稀里哗啦。

“我终于做到了！真的，太不容易了。”他抽噎着，说完这句话之后又是一阵大笑。

付出总是有回报的，梦想也终能实现，你看，冰不就是这样一个通过自己的努力，实现梦想的人吗？

他在同事窝在宿舍打游戏的时候，积极学习，准备自考；他在别人已经睡熟的时候，躲在客厅间里看书，认真做题；他在别人浑浑噩噩不知明天该做什么的时候，已经确定了未来的人生路，并一步一个脚印，坚定地朝前走着。

所以最后，命运没有欺骗他，他终于通过自己的努力考上了理想的大学，并朝着自己的梦想，一步一步走下去。

他对我说：“梦想虽远，但只要你还能朝前走，总有一天，你会抓住它。我听说你也在为即将到来的考试而感到压力很大，我想对你说，只要你坚持不放弃，一定会成功的。”

正是因为他的这句话，在后来许少个想要放弃、半途而废的日子里，我坚持下来，最终走进了考场，并取得了优异的成绩。

我想，如果没有他当年的鼓励，如今的我或许根本无法成为一名编辑，也根本没有办法成为激励L姑娘的人。

梦想或许很遥远，但只要你勇敢迈出步子，向前大步走去，它终究会成真。

第二章 ○

放弃之前，想想当初的心 ●

人，常常因为困难而意识到自己的脆弱，也常常因为脆弱而选择逃避，最终将放弃落实。然而，这样的递进是否真的就是摆脱困境的捷径呢？答案是未必。有时候，放弃只是借口，放弃比坚持下去更难。不信，你试试反其道而行之，你会发现，其实坚持并没有你想象中的那么困难。

■ 努力，并不是一场游戏（作者：陈屿）

我始终相信努力的意义，因为在追逐中，我能够找到更好的自己，我相信大多数人也是如此，只有努力，才会每次回头都能看到一步步走过来的脚印，它们不停地提醒着我继续走下去。

我有一位朋友，她是一个很有气质的女孩儿。在认识她之前我就听说她很优秀，身材高挑，性情温和，从小就学习舞蹈，跳起舞来骄傲得像只白天鹅，拿过的奖项数不胜数。那时我只知道她在舞蹈上很有天赋，了解后才明白，如果不是因为喜欢，谁能做到在每个深夜起舞，筋疲力尽才舍得睡去呢？

和她交好后，她说："我从记事开始，就没见过我妈休息过。"

三岁的时候，她的父母离婚了。因为家庭贫困，她睡觉的时候，母亲还没回家，她睡醒时，只有桌上的早餐显示着母亲回来过。渐渐年长，她明白了生活的艰难。

她想帮母亲减轻生活负担，可是一个小孩子能做些什么呢？说起来容易做起来难，她肩不能提扛、手不能提，她甚至不愿意再学习舞蹈，因为母亲在承担学费之余还要承担一笔不菲的舞蹈学习费用。

她在小区和街头巷尾捡废品，尽管并不能得到多少回报，她也坚信世上无难事，她一定能够帮到母亲。

她天天观察思考，直到有一天她看到了有流浪艺人在卖唱，小小年纪的她鼓起勇气上去搭话："你好，请问我可以跟你一起表演吗？"

流浪艺人觉得有趣，便问她："你会表演什么呢？"

"我会跳舞！我可以为你伴舞。"她眼睛发亮，眨着眼睛推销自己，边说边手舞足蹈。

流浪艺人看着她衣服整洁，看着她娇养的小模样，叹气，说道："为什么你会想跟我一起表演呢？"

"我想帮我妈妈分担生活的重担！"她说，"我想让我妈妈多休息一会儿，她实在是太累了。"

流浪艺人在有些佩服这个小机灵鬼的同时，乐意她和他一起表演，赞赏她的勇气与懂事。

人们意外地发现有个小姑娘在街头跳舞，和流浪歌手的歌曲相互配合着，停下匆忙的脚步，她可爱的样子让人喜爱。

她休息时介绍起自己来落落大方，和路人握手交谈，把自己的优点展示出来，也会跟着歌手大声歌唱，没有羞怯和退缩，阳光得像是一朵向日葵，甜美可人。

后来她被路过的摄影师看中，偶尔会去影楼当小模特，或是去婚礼当小花童，她请认识的人帮她宣传，以便让更多人知道她的存在。

后来她当儿童服装模特，售卖自己制作的一些手工艺品，帮店铺卖衣服，这些让她变得能在陌生人面前侃侃而谈了。

她的名声大了起来，她的经历引起了一些节目的关注，被儿童节目邀请做小嘉宾，甚至有人邀请她参加服装展。这时的她，不过十几岁，却已积累了足够的舞台经验，参加比赛拿奖，并早熟地告诉自己，这些都是她以后值得骄傲的资本。

她是一个平凡的姑娘，也是个不一般的姑娘。她把梦想变成生活，在大冬天裹着小棉袄起舞，在雪花纷飞的天气里哑着嗓子唱歌，对一波三折的命运微笑，顶着质疑和压力往上努力拼搏。

“现在太多人说着努力，却活得安逸。哪有什么是享受着生活就能得到的呢？”她说着，语气平静，唇角有淡然的笑意。

我深以为然，不禁在心里赞叹她坚强，好奇问道：“难道你在学舞的时候，没遇到过什么困难吗？”

她笑道:“怎么可能啊！你们都说我聪明，可是跳舞这种台上十分钟，台下十年功的东西，不去好好磨练，怎么会有一番作为？”

因为她总有拍摄任务，所以时常缺席舞蹈课。当时有一场全国性的舞蹈比赛，本来老师让她去参赛，却由于她缺课频繁，老师选择让另一个女孩子去参赛。她一开始很不服，甚至怨恨老师，觉得老师说话不算数。

她跟老师争吵，大声说老师是个骗子，老师只是让她坐下来，给她倒了杯水，然后才对她说:“如果你总是因为其他事情耽误舞蹈课程，就会越来越跟不上，如果你不勤加练习，你就会被舞蹈抛弃，即便你是个有天赋的孩子。”

她一时答不上话，又不甘心这样，委屈地说:“之前不是说好了让我去比赛的吗？”

老师摇了摇头，“你连比赛的舞蹈都没练熟，你还记得你有多久没练过基本功了吗？如果你不好好把握，机会可能被任何人夺走。”

那时候她年纪还太小，被打压了气焰，对老师也变得不太尊重，但她把老师的话听了进去，不再一有工作就接，而是专心地学习基本功。

她说起这件旧事的时候，带着愧疚和无奈，她庆幸老师没有放弃当时差点迷失梦想的自己。

即使生活的道路如此曲折复杂，我们也要坦然地去面对。人生不如意事十之八九，努力是为了快乐地生活，这永远不是说说而已，背后要承担的是无尽的艰难困苦。

我相信生命并不全是不公的，那些你羡慕着的光鲜亮丽的人，只是付出了比你更多的努力。

中央电视台《我要上春晚》节目，有一个人让我印象深刻，那就是没有双腿的舞蹈演员廖智。在人们的印象中，舞蹈是需要用双腿来跳的，用肢体动作来向观众表达情感，可廖智，这个脸上始终挂着笑的柔弱女子，为我们展示了生命的震撼。

她跪在鼓上，红绸飞扬，残缺的身体在一面大鼓上旋转翻滚，在人们震惊的注目下，做着各种高难度动作，却将《鼓舞》的豪迈大气展露无疑。

廖智本来是一位舞蹈教师，汶川大地震时与女儿、婆婆被埋在废墟下长达 26 小时，被救出后女儿与婆婆不幸死亡，只有廖智活了下来，但她成了一个日常生活中离不开轮椅的残疾人，那一年，她 24 岁。

一个在舞台上翩翩起舞的舞蹈演员突然失去了双腿，这样的打击让她生不如死。截肢后一个月，廖智为了安慰邻床养伤的小朋友，在病床上跳舞给小朋友看时，突然有了坚持下去的想法，就算没有了双腿，她也要将自己的舞蹈事业进行下去。

想要实现理想的信念，一路支撑着廖智，也成就了她在舞台上的辉煌。

我们见过双腿健全的演员跳舞，见过单腿的残疾演员跳舞，但很少看到失去双腿的人，突破阴霾在热爱的舞台上一展风采。也许只有廖智自己才知道，她历经怎样的困难，才在人们的面前创造出此番奇迹。

在众多好心人的支持和鼓励下，廖智站在了义演晚会的舞台，她与搭档表演双人舞《走向希望》，她一袭红色舞裙，与男伴在舞台上精彩起舞，无人看出这个自信美丽的女孩的双腿早已被截去。

台下观众感到疑惑：廖智的腿不是好好的吗？音乐进入高潮，廖智被舞伴猛地举过头顶，她双手抓住右脚，把一条假腿取下扔在地上，红色的裙褶鲜血一般垂直落下，顿时全场鸦雀无声，这个画面令观众唏嘘不已，观众被廖智的不屈精神打动。

廖智的《鼓舞》为她带来巨大的成功，成功的背后，是廖智为舞蹈承受的痛苦。廖智曾说，汶川大地震后，她明白了一个词——珍惜。

地震让她失去了亲人，失去了双腿，失去了美满的家庭，却没有让她沉沦颓废下去，她努力继续舞蹈梦想，笑对生活的低潮，期待崭新的开始，朝着下一个辉煌奔跑，这是她的信念，她实现了理想。

现实是残酷的，努力从不是一件轻而易举的事情，要想实现梦想，就必须成为一个无畏的长跑者，在生活这个战场上抗争。我们不该等待未来，而应该创造未来。

奇迹是努力的另一个名字，我们不该隐没在人海庸碌一生，努力活得丰盛，才能拥有渴望的明天。前方有很少惊涛骇浪、艰难险阻，只有付出别人不愿付出的努力，我们才能得到别人得不到的收获。

努力从来不是一场游戏，把它当游戏的人，此刻还碌碌无为。胸怀梦想的人哪，请抓紧眼前的每分每秒，用无愧于心的努力，去迎接属于自己的灿烂与辉煌吧！

■ 当初的你是否依旧（作者：熊探）

儿时，我们有过当科学家、当画家、当老师的梦想，如今，我们是否已经成为了自己希望成为的人？是否在艰辛的道路上勇敢地前行……

清明，小小的西米同母亲一起去给祖母扫墓。母亲对西米说，你可以许一个愿望，这个愿望可以实现。西米在祖母的墓旁想了好久，双手合十，很认真很仔细地将愿望许了很多遍，生怕祖母听不见。半路上，妈妈拉着西米的小手，西米说："妈妈、妈妈，我对祖母说了，我长大了要做个画家。"妈妈看着西米的眼睛，笑着说："好。"

后来西米将这件事情告诉了自己最好的朋友，朋友赶忙堵住了西米的嘴："愿望是不能说出来的，说出来就不能实现了。"

西米听完之后，一回到家就拉着妈妈要再去一趟祖母的墓前。

"怎么了？"

“我想再许一次愿望，我之前的愿望已经不灵了。”

“梦想放在心里就可以实现。”妈妈笑着说。

西米犹豫地将手收回，一个晚上都没有睡好。她害怕愿望实现不了。可孩子就是孩子，转眼间就忘记了这件事情。

西米没有接受过专业培养，在作画上却得到了大家的认可，大家认为她的画很好。西米每次都会露出最灿烂的笑容，这让大家相信，她的未来就如同她的微笑一般，乐观又有魅力。

可是，这仅限于西米小的时候，随着年龄的增长，一些小伙伴在专业老师的指导下，画出了和西米不一样的作品，西米的画相形见绌。开始时西米心里还有些难受，可是不久之后，在繁忙的学业重压下，一切就都被淡忘了。

自从升入中学之后，西米每天过着从家里到学校，从教室到食堂的生活，做着数不完的试卷，听着一节又一节新课，撕下了一页又一页日历，在期待着结束、又恐惧着开始中一天一天地过着日子。“我想做个画家”这个想法，也就在这时彻底被忘记了。

高二那年，西米经过了文理分班，作为文科班的学生，西米班级里的很多学生选学了画画和唱歌，通过一门特长为自己加分。而西米这么多年之后，变得对画画失去了兴趣，只懂得在书本里寻找升学的机会。

很快，高考前的模拟考试过后，西米班里的同学有的因为成绩突出提前被大学录取，有的则通过特长加了很多分，而西米作为一名普通的学生，变得就像一颗透明的石子，在水流中漂过，却没有人看见。

西米知道，她再也不是之前的自己了，不像之前那样天真，也不如小时候那样执着，不会仅仅因为一句话就担心好几天。现在的她，好像一个没有灵魂的人，有些颓废，打不起精神，甚至没有了自我。

在高考前的那段日子里，西米越来越沉默，心中却越来越焦躁。特别是知道小时候的朋友通过美术特长考取了南方某重点大学之后，西米觉得自己太没用了。西米想，她自己本来就不是当画家的料，不仅如此，她还是一个糟透了的人。

不出意外，西米的高考成绩并不好，只能上一所并不让人满意的大学，与同学相比，她觉得自己很差。整个暑假，西米在屋里闷了好久，她在想，究竟什么时候自己变成了自卑又孤僻的样子。先不说这几年她经历了什么，仅仅看她的面容，她都好久没有微笑过了。

“孩子，妈妈只希望你能够过上自己希望的生活，成为最初的自己。”西米突然想起了小时候她与妈妈的对话。

“怎么了？”

“我想再许一次愿，我之前的愿望已经不灵了。”

“梦想放在心里就可以实现。”

“万一我当不了画家呢？”

“孩子，妈妈只希望你过上自己希望的生活，成为最初的自己……”

很快，西米便动身收拾行李，向着大学出发。很奇怪，出发前的那段时间，西米很有精神，有人发现了她的不同并加以询问，西米告诉他们，是一个梦改变了她。

“哈哈哈！”说完，大家笑作一团。这听起来就是个玩笑，但实际上，这确实是真实存在的。

上了大学的西米，变得很优秀，用她之前同学的话来说，她就像是开了挂。起先，她想进学生会、班委会都没有成功，因为她的高中生活里并没有什么突出的事情。西米参加了高中时未曾参加的演讲比赛，参加了社团活动，还自己写了诗发表，成为了让大家瞩目的新人。这还不算，随着时间的推移，西米在很多大家都看不上的活动里崭露头角，甚至西米自己都不知道，原来她这么擅长表现自己。

后来，西米破格进入了学生会，从学习部的一名干事做到了部长，再后来，西米做了班里的生活委员，第一学年还拿到了专业课的第一名。

在大二、大三那两年，西米陆陆续续参加了三十多个校级以上的比赛，多次取得了好的名次。最让人惊讶的是，她利用一个寒假的时间，和队友一同撰写了与智能科技有关的文章，并拿到了国际赛事的一等奖。西米在图书馆看书的时候，总有同学向她问问题，甚至是生活上的一些疑问，同学也会来找西米解答，她毕业后两年，仍然有很多的学弟学妹向她求助。

再后来，西米毕业了，在一家普通的公司做文职工作，很多人替她惋惜，认为不值。但是西米自己没有说过一句沮丧的话。她始终相信，无论什么时候，自己都是原本的样子，都是那个执着、认真又自信的女孩。

她给自己打气：还记得曾经的自己吗？那个时候，她什么都不怕，没有学过画画，却敢和专业学画画的小朋友一同比赛，不懂得颜色搭配原理，却敢将自己的画作给大家看。曾经的自己，天不怕、地不怕，从不畏惧困难。而现在的自己，应该比小的时候更有力量，更加坚定，更相信未来，以客观上进的心态，迎接未来的一切。

不久，西米跳槽了，跳去了某杂志社做编辑。她的身边有个画插画的女孩儿，有些腼腆，不爱说话，就好像以前的她。西米会很认真地跟她交流，也会很开心地和她开玩笑。慢慢地，这个女孩儿变得既活泼又可爱。这个女孩儿说，她以前并不是这个样子的，只不过是因为长期做不好手头的工作，所以慢慢埋头。就这样，她变得越来越差，对自己越来越没自信。因为西米身上有一束光，所以她看到了曾经的自己，决定重新振奋，做一个优秀的人。

“谢谢你，让我继续画家之梦。”

“不，是你让我看见了曾经的自己。看到你拿着画笔，就好像看到我小的时候，不过我没有实现自己的愿望。但是你坚持下来了，所以说，你很棒！”

“不管怎么样，我们都没有放弃，始终心怀阳光，我们还是以前的摸样。”

两个人相视而笑，感慨万千。

也许你在远方漂泊，也许你在家门口奋斗，无论你从事怎样的职业，做着怎样的事情，是学习还是工作，都请你谨记，任何事情都不是我们颓废和伤心的理由，不是我们自我放弃和随波逐流的原因。

人生这条路也许并不平坦，也许不如我们希望的那样，也许我们并不能实现当时最初的梦想，但这不是我们忘记初心的借口。人生很长，无论我们是在二十几岁时、三十几岁时，还是在以后的几十年里，都要怀着最初的心，勇敢地向理想的彼岸而去，始终看重自己肩上的责任，在漫长的岁月长河里，去迎接一切、面对一切。

他们说，人生最难得的就是初心，最难坚持的也是初心，只有记着自己最初的摸样，铭记那童话般的阳光，才会走到哪里都不会遇到阴郁，即使有风雨，也只不过是短短的一瞬间罢了。

最后，笔者用范玮琪的那首《最初的梦想》与您共勉吧！

如果骄傲没被现实大海冷冷拍下，

又怎会懂得要多努力，

才走得到远方，

如果梦想不曾坠落悬崖千钧一发，

又怎会晓得执着的人拥有隐形翅膀，

把眼泪种在心上，

会开出勇敢的花，

…………

■ 放弃，并不是最佳选择（作者：西渡）

人越长大越容易计较得失，开始权衡利弊，学会及时止损，却渐渐丢掉了坚持，忘却了最初的本心。

本科毕业后的第三年，我去庐州培训，乘机与大学室友见了一面。

W 是我们宿舍混得最好的人，没有之一。宿舍老二去了杭州追梦，可梦想比她的身材还骨感；老三追着爱情去了石家庄，火速结婚成了全职太太；至于老四——我自己，在读完研究生之后成为了一名人民公仆；而 W 在毕业那年签了一家颇有名气的培训机构，才三年就做到了分校校长，月薪快赶上我小半年的收入了。

一年多没见，W 一如我想象中的那样光鲜亮丽，举手投足之间女性魅力十足，只是再昂贵的粉底也遮不住她眼角的细纹和黑眼圈。一坐下，她就像个女斗士，表情随之放松下来，丝毫不顾形象地打了个哈欠。

我给她递了杯水道：“怎么这么疲惫？”

W 喝了口水，道：“我最近在搬家，学校的事情又多，已经连续好多天没睡一个好觉了。”

我笑道：“搬家的事不是有 Y 么，哪里还需要你亲自动手？”Y 是 W 的男朋友，两个人从高中恋爱至今快十年了，如今应当谈婚论嫁了。

W 听了我的话沉默了，良久后才开口，“你还不知道吧，我和 Y 分手了。”

我有些震惊，他们之间是有爱情的，Y 把 W 当心肝一样地疼爱着。作为一个局外人，我无法想象十年的感情怎样能够做到说丢弃就丢弃。

我问为什么，W 微微笑着说我还是跟以前一样没有长大，两个人想要在一起，不是只有爱情就足够了的，还需要面包。

我没有说话，犹记得毕业典礼上，W 跟 Y 说，这辈子吃糠咽菜她也跟定他了。

那次见面不久后，W 就和一位家境颇为殷实的男士结婚了。

几个月前，我们宿舍聚餐，W 喝多了，在饭桌上哭起来，她说这辈子再也不会有人像 Y 对她那么好了。我后来听老三说，W 的丈夫并不爱她，两个人貌合神离，结婚半年就开始分居。

W 之前觉得 Y 租的房子没有安全感，现在却觉得在写着自己名字的房子里才真的孤单。

我有一个同事 G，勤奋刻苦，从不松懈。

我一直想考一个证书，但是由于自己的懈怠去年才考下来，大家都为我高兴，G 也来恭喜我："J 大的学生脑子就是灵活。"

我笑着道："你还说我呢，你自己不就是 J 大毕业的？"我们都知道其他人的毕业院校。

G 笑了笑说："你还不知道吧？我不是全日制大学毕业的。"

我有些惊讶，她接着说："我没上过大学，连大专都没上过，我是一路从成人教育考到的本科。”

我突然觉得G有些值得敬佩，她显然看出我的好奇，索性将自己的故事告诉我。

前半截无非是她不爱学习，叛逆期觉得老师父母都站在自己的对立面上，大好的时光都浪费在了吃喝玩乐上，结交了很多的酒肉朋友，等到醒悟过来的时候，一切好像都来不及了。G微微笑着，那个时候她周围的很多人即使发现自己不能这样继续下去了，也没有改变，觉得一切为时已晚。

而G彻彻底底地发生了改变，她积极地准备成人教育大专考试，努力地学好专业课程，在完成大专课程后还完成了成人教育本科学业，取得了本科毕业证书，最后的结局就像当初她期望的那样美好。而她的同学们，和她一起奔跑在奋斗路上，却早早迷路，都还在原地打转，她却拥有了可选择的人生和人人艳羡的安稳工作。

G对我说，当初她以为这辈子完了，但是转念一想，如果努力和坚持能够改变现状，为什么不试试呢？最坏不过是当初那副样子。如今看来，放弃梦想就此认命也不一定就是最佳的选择。

小的时候我听过这样一个故事：一位男士心中有着太多放不下的事情，于是去求助于大师，大师给了他一个杯子让他端着，将滚烫的开水倒进去，他烫得放开了杯子。我们从中得到的启发是痛了就放下了。但是，我想说，如果他忍住疼痛呢？之后是不是杯子里的水温渐渐降低，降到没有那么烫的时候，就可以用来温暖冰冷的双手呢？所以，放弃不一定就是最佳选择，并非所有的事都要放下。

我记得小的时候，我可以在全班同学面前完整地讲完美人鱼的故事，但是后来我变得害羞紧张，不敢在人多的场合发言。

我尝试过很多次却怎么都无法改变，直到第一次考研面试被刷下，我才真正意识到，很多事不是不去管、放弃了就能够避免的。

因为这次打击我曾轻言放弃，我对爸爸说，我不想学习了，想要去工作。

爸爸问我为什么。我说自己无法克服心理上这一关，始终无法在人前自信满满地表达自己。

爸爸说："你觉得工作就不需要表达自己了么？"

我点了点头，却有些心虚，其实我心里很清楚，现在的社会已经不是当初父辈毕业时的那个社会了，现在的社会是一个充满竞争的社会。

爸爸又说："你觉得什么工作不需要你去表达，不需要你去展示自己的能力？"

我沉默了。

爸爸接着说："孩子，我不是家财万贯的富翁，也不是一句话就能给你找到工作的人，你想要的生活，想要的一切都要你自己去奋斗。你不想表达，爸爸不逼着你去改变，可是社会会像我对你这样宽容么？大学毕业生千千万，僧多粥少的年代，你自己该怎么办呢？"

爸爸没有骂我不争气，却字字诛心，我的一句放弃，是可以在短期内让我做鸵鸟，可是我能做一辈子鸵鸟么？

我选择了坚持，第二年我顺利考上了心仪的学校，临近毕业那年，我想回家，顺利通过了公务员考试，笔试第二名的我在面试中顺利翻盘。

人越长大对自己的保护意识越强烈，古话说初生牛犊不怕虎，这不是没有道理的，可是过度保护往往会让我们忘记自己的初心，忘记自己来时的路，不能好好地坚持自己的本心。

无论是关于爱情还是关于友情，我们都有许多疑问，会泄气，同时上路的人总是走着走着就散了，但是，放弃了，就一定是及时止损了么？

记得我有位同学，上学的时候其貌不扬，成绩极差，也不爱表达，高一开学的时候，老师让大家一起谈谈最想读的学校，他说他想读北大，大家都在背后笑话他。

面对大家的嘲讽，他总是默默不回应。果然，他并没有考上北大，多年过去大家也都长大有了各自的生活，偶尔谈到的时候大家还是会觉得好笑，但是本科毕业的那年，再也没有人笑话他了，因为，他直博北大了，并且是仅有的两个直博名额之一。要知道他本科读的只是一所普通的一本院校，但是他梦想成真了。

我不了解这当中他付出了多少，但我知道他肯定有过无数次想要放弃的念头，最终坚持了下来。

放弃，是我们可以做的一个选择，却不是最佳的选择，我们做事之前肯定千百次想过做这件事情的性价比。选择开始，就意味着这件事情对我们个人而言是有利的，选择放弃有很多种可能，但如果不是因为外界客观条件的改变而无法坚持，放弃就不一定是最佳选择。

■ 执着的人不会有太多借口（作者：流妍易寒）

如果总有些梦想是你渴望而又不愿放弃的，那么，请你继续执着，相信终有一天，你的执着会成就最棒的你。

我自始至终认为，执着的人要有一颗敢于背水一战、破釜沉舟的无畏的心。一旦明确了自己的梦想，就该迫切地去接近它、实现它，在此之前，还必须具备与梦想相匹配的能力与责任感。

执着，生来就不简单，因难得而非凡。没有一蹴而就，没有理所当然，脚踏实地，从不轻言放弃，持之以恒，假以时日，方得始终。

童年时，初子成为一个作家的想法还没有萌芽。

他那时阅读各类书籍，几乎借遍了所有朋友的书籍，他热爱阅读，对阅读狂热，甚至连发小都在作文里讽刺初子借书与“乞讨”无二，借不到书就又哭又闹，后来回忆起这段故事的时候，搞得他也哭笑不得。

进行基础阅读之后，初子通过课堂学习接触了简单的古诗，加上此时老师提议同学们写日记，初子规范化地朝着自己的梦想前行。他模仿着写五言绝句，并养成每天写日记的习惯坚持了下来。

而他真正将这些累积都放大，是在初中时代。

他初中的第一任语文老师，在一节公开课上，竟不用辅导书授课。在擦得光亮的黑板上，他拿起一根粉笔，噌噌地写着。讲台离黑板的最左边不过三步，他移步，写下一首与课文中心内容相近的七言律诗，那种风采，以及由此产生的才华，让初子深深地折服了。自此，他真正喜欢上了文学。

生活中不缺少各种契机，因为那样一个人，初子走上了文学创作的道路，他在心里画定了一个梦想，这就是他执着的开端，也是他故事的前言。

执着之前，是因；执着之后，是果。执着的因再简单不过，因为喜欢所以执着，执着无果，因为还未得到。

《大话西游》里至尊宝回答紫霞仙子：管他那么

多，上天安排的最大嘛。初子对读书执着，对写作执着，对成为作家的梦想执着，与此同时，将所有外界给予的嘲讽、打击、阻碍都深藏于心，装作不知的样子，继续执笔，写下寥寥数语，快乐的滋味从心底油然升起。

他笔耕不辍，去接触、去抓住每一个实现梦想的机会。

说到底，这就是一段名为执着的故事。初子不过是这茫茫人海中，认了死理的无数人中的一个，他们坚持着，即便牺牲休息时间导致精力有限，常常疲惫困倦，即便辛苦数个月的成果被同学一句抱歉搞丢了，需要重新写，即便面临升学，他还是每天记着日记，偶尔写一段小说，将小说人物与自己的故事串在一起，叙述下去……

对于执着，一句喜欢，还有什么可以阻止呢？如果可以放弃执着，找的借口无非是喜欢得不够深。在喜欢的路上，即便全世界向你宣告，说你不过是一个失败者，你仍会笑着面对，嘴角上扬，淡定地回道：“我仍会继续，不会放弃。”

执着会有停歇的时刻，但不会从此停驻，也不会远远观望，让无数执着的人从你身旁路过。执着的人向来是孤独的，没有鲜花与掌声陪伴，只有自我修复与自我强大。

高中的课程多而紧，初子选择文科班。他在各科试题间游荡，小说被当成秘密压在心底，偶尔写写日记，提醒自己还有事情没做，不能忘记。

高二是与众不同的时期，通过小说，初子遇到了初恋，又因为无心插柳写的一篇征文获奖，他对自己的写作能力有了初步肯定。即便初恋只维持了数个月，最后不得不宣告结束，也让初子更明白了自己的心。

有些珍贵之物是任何感情都无法影响的，是任何人都夺不走的。庆幸的是，他还有喜欢的事情，还有需要执着之物，没必要太过伤感就此一落千丈，他的追求仍旧存在，依旧有需要他去完成的事情在等待着他。

升高三的那个暑假，初子第一次将想法变成了现实。他在网站上首发了自己写的小说，又为它买来了封面，之后在每天码字的生活中，笔下的人物陪伴着他，没有痛苦，只有欢乐，他在创造，创造一个只属于他自己的精神世界。他在前进，朝着梦想之地前进。

在网络小说的创作过程里，初子了解到了许许多多关于网络小说的知识与知名网络作家。所谓“天外有天、人外有人”，比自己更出众的人很多，已经与网站签约的人更是数不胜数，而初子作为一个新晋写手，根本达不到网站签约的标准，一次又一次的拒签接踵而至。

失败是什么？失败就是一次又一次的失望加心如死灰，但死灰复燃又接上新的失望。虽然有其他编辑愿意与初子签约，但他希望留在这个大神云集的网站，新手的坟墓如何？大神众多又如何？他认定的事情，失败再多次也不会改变。

从高中的八万字到如今大学的二十八万字，初子已经申请签约失败了八次，但是他愿意一章接一章地写下去，坚持自己的梦想。

他在努力，努力不让自己的所有付出都化为泡影。他在继续，用其他形式延续他的创作之路，继续朝着他的梦想之地进发。

社团的征文比赛、全国性的征文比赛，初子都愿意去投稿，抱着试一试的心态，即便最后结果很令人失望，他还是愿意继续书写。用一篇日志，用一段小诗，用哪怕只有几句话的日记，去填满那颗空荡荡的心，无论如何，执笔的心情是不能变的。

通往成功的路上，初子有一颗喜爱阅读的心，保持波澜不惊，无论是翻开一本新的书还是阅读一段新的故事，无论故事有多生动，情节有多曲折，初子都坚持着自己的梦想，无论是从中收获喜悦还是遭遇滑铁卢，他从没忘记自己想要什么，从没忘记自己的远方在何处。

初子说：能用笔留下的，就别放弃，能用心体会的，更要珍惜；时间教会我们的，是时不再来，而不是追悔莫及；梦想教会我们的，是留住当下，而不是纪念过去。

初子还在执笔，想写出一篇只属于他自己的故事，然后传播出去，让下一个同样执着的人，无论遇到什么都不气馁、不轻言放弃。从开始写作算起，初子已经努力了八年，那些与他一样心中有梦的人，也不要放弃。

岁月静静逝去，经历过你就会发现，曾经执着的时光会成为充满回忆、充满情愫的朋友，它陪伴你度过了漫长岁月，无数次让你想要放弃又坚持下去，铸就你的强大。

经历过这些的人还会放弃吗？我想，你不会放弃。

执着，不过是因为喜欢，没有别的理由。经历了岁月的无尽洗礼之后，你会发现，你还在执着的路上，不仅没有回头，更没有借口。

■太多的抱怨其实没用（作者：熊探）

世界上有这样一些人，他们说自己怀才不遇，没有遇到好领导，甚至没有好身世。可是，仔细想想，其实那么多人靠的是自己。所以，谁也不要找借口，失败了只能怪自己。

每个职场上的女战士，都曾经是家里的公主、校园里备受呵护的玫瑰。所以，刚步入社会，别说我更优秀、我更有发展前景之类的蠢话。请给自己泼杯凉水，清醒一下，再好好拿着工资，完成手边的活计。

我有一个朋友名叫小欣，一向自我感觉良好，别人家的房子永远装修得不如自己家的好，别人的殷勤永远配不上自己的标准，别人的未来永远没有自己的未来光明。刚开始我以为她能力超强，自信满满，后来我感觉迷惑，究竟是谁给她莫名其妙的自信，让人啼笑皆非？

小欣上学的时候，自己背着几十斤沉的行李，吃最便宜的饭，喝免费的热水，草稿纸要用到没了能写字的地方，床单洗得没了颜色，很少在外面吃饭，衣服也是不能穿了再换，从未羡慕过别人的大餐和新手机。也许你以为小欣很穷，但是，小欣说，她在外求学从未向家里要过一分钱，用的东西都是自己挣来的，虽然品质不佳，但用得硬气。小欣是有骨气的。

后来，小欣参加了工作，拿着只够维持基本生活的工资，坐在办公室里敲敲打打。很多人问说，她刚毕业，还有大好的时光啊。小欣常常蒙了好久才说："啊，大概是……唉……"随即，一声叹息。

之后，我花了好长时间来反思自己对小欣的判断是不是有错。小欣的朋友跑去了北上广，在全国各地崭露头角，有的甚至发展到了国外，拿年薪，零头比她的工资还高。再看看她自己，在三线城市里，拿着最低的工资，做着一些别人也能完成的事情，她也问过自己十年后该怎么办，可是没有答案。

怎么办？或许她可以考学，可以努力升职，可以做一切她想做的事情。

小欣想了想，低下头去，悄悄说了声“好麻烦”。

不久之后，她又同原来一样，重复着自己手头的工作。小欣说，人不能眼高手低，踏实做好眼前的事情才是重要的。小欣说她最看不惯那些频繁跳槽的人，做事没有常性；小欣说那些努力升职的人，内心都太深，难以揣测；小欣说她之所以不喜欢接触新的挑战、遇到新的人群，是因为人人都是过客，何必在别人的身上浪费时间。

这么一想，似乎没什么不对。小欣并没有因为钱做过违背良心、丧失道德、投机取巧的事情，还踏踏实实地工作。她算是职场里的楷模，大家的新榜样。

但是，小欣用过超过五百块钱的化妆品吗？她穿过超过一千块钱的衣服吗？她去过天涯海角吗？她没有，她只知道在商场的特价摊上挑挑拣拣，她只知道牌子却没用过，她最远就去过隔壁村……

我曾经的一个女性朋友，交往了一个对象，后来分手了，因为交往的对象总是送她便宜货当作礼物。

不要说姑娘爱慕虚荣，因为这个姑娘本身具备购买任何自己想拥有的东西的能力。她说：他可以不送礼物给我，但既然送了，请尊重我。

我想，小欣也是一样的，她理应获得好的东西。可是，世界上的姑娘那么多，小欣又有什么资格拥有更好的一切？

小欣在乡下的妈说过，人生要有理想，总得有个目标，活得才有意思。所以，小欣背负着全家人的希望上了大学，却除了死记硬背、节省外，什么也没落下。她以为交得起学费就很牛，可她的同学已经拿到了海外的 offer（录用通知），做了自己品牌的经理。

朋友，好好想想吧，三年后的她，还和今天的她一样，一样的工作，一样的桌椅，一样“宅”家里。这样下去，三四十年后的她，除了还是老样子以外，还有个看不起她的小孙子。

其实，贫穷不可怕，怕的是她在脏水沟里说着年轻时的梦想；挣得少不可怕，怕的是她还以为自己牛；手头紧不可怕，怕的是她缩减了是她应有的未来和希望。连小欣的老母亲都知道多种地多收成，到她这儿成了看着太阳等馅饼。

她没想过成为富翁，也没落魄成乞丐。

小欣常说人生如水、岁月如梭，但大家从未看见她改变。她说她要用十年的时间来把一件事做得专业，可经过十年苦读，又接受了四年的大学教育，经过了层层的镀金后，结果还是那副一无是处的老皮囊。她说应试教育不会创造出杰出的人才，她以后定会在工作上做出一片天地，但论及她的工作现状，很难谈及未来的发展。

她曾说不出十年，自己将成为公司的脊梁、时代的先锋，可刚参加工作三个月，她就开始了刷淘宝、看剧。她说，今天工作太累了，需要放松；她说，今天的战果不错，要奖励一下自己；她说，情绪突然好低落，想躲在一旁疗伤……所以，进步的事情就留给明天，并自负地认为明天一定能完成。然后呢，一晃就过了一年，再一晃又过了一年。年初的计划到了年末她完成了几件？

有时候她也会反思自己活得太潇洒，过得太惬意，所以今天就要努力，结果遇到八卦，又聊了两个小时，逛商场又过了半天，不知不觉，又是一天。回家后她突然好迷茫，感觉身心俱疲，掩面痛哭又荒废了一天，可是下一次接到电话，她依旧会欣然赴约，毫不迟疑。

在这样的日子里，她慢慢地消耗着自己，慢慢地缩小了自己的视野，并渐渐发现，自己越来越没有出息，甚至不如十年前的自己。岁月流逝只给她带来了眼角偷偷爬上来的鱼尾纹。

她曾经写的小说早已经断更，她读的书也只翻了三五页，说好的考职称却从来没有复习。她曾经坐在办公室里，看不起路边的泥瓦工，可人家最初的月工资都是她的好几倍，十年了，人家成了师傅，而她还在给领导端茶倒水。

她是小姐妹里穿得最黯淡的、活得最一般的，年终会上领导提到她却想不到表扬的话语，她真的是失败极了，无论工作还是生活，有她无她没什么不同。

迷茫的小欣做了一个梦，梦见自己的领导早已经不需要她，正值壮年的她却不知从何做起；十年后，她依旧一成不变，年迈的父母依旧为她操碎了心，无论是为她的升学、工作还是为了她的婚姻。她的好朋友被猎头请去，她的知己也干得风生水起，就连她看不起的阿斗也有了自己的店铺，开心不已。她的人生没有颜色，一片灰暗，她不仅活得不精彩，还特别累。

在梦里，她抽烟、酗酒、厌世，却没有勇气改变自己。猛然间，她从睡梦中醒来，发现自己二十五六岁，她摸摸脸颊，庆幸这只是个梦。

接着，她长舒了一口气，赶紧跑进茶水间，和别人聊起了她的梦，哈哈一笑过后，又打开手机，刷起了微博，看起了连续剧，继续悲凉的生活。

亲爱的姑娘，我只想说，那不是南柯一梦，如果你不懂如何真正地善待自己，最终的结果就和梦里出现的一模一样，甚至更为糟糕。

我写这篇文章的目的，不在于告诉她怎么成为一名合格的员工，而是想告诉她，一个姑娘，怎样才能在工作中变得更漂亮。

实际上，小欣并不是特例，还有好多姑娘，她们始终生活在自己的世界里，天真地认为整个世界都应该以她们为核心，她们才是舞台上最璀璨的明星。可是，她们不知道，一旦走出家中的温室，和其他的公主在一起，自己其实什么也不是。

所以，从现在开始，不要再说那些让人觉得可笑又可怜的话语，不要再拿自己以前的奖状空谈，也不要说自己曾经多么了不起，我们要做的是努力地学会珍惜眼前的每一个机会，多学一点，多懂一点，慢慢地集聚能量，等待着厚积薄发的那一天。

■ 坚持才是真正的勇敢（作者：陈屿）

即使不被理解，不被喜欢，不被重视，你也要积蓄力量，跌倒后仍有爬起来的力气，还有一路向前的拼劲，再坚持试试看，至少你成为了想要的模样。

“姐姐，为什么你不试着走下去看看呢？”女孩看着我，似乎不解，又像是无奈。

我看着她，仿佛看到了她小时候涕泗横流的样子，忍不住笑了。

那是一个夏天，穿着小裙子的孩子蹲在地上哭得可怜，我在客厅听着叔叔阿姨讨论让她去上什么补习班，我认为小孩子学习要赢在起跑线，怎么可以去学杂七杂八的东西？

我走到院子里，蹲在小姑娘面前，问她：“你想学什么？”

“我想学表演。”小姑娘抽噎着说，但语气里没有了期待和活力。

我愣了愣，没有想到小姑娘会喜欢这个，说道："可是，如果把学习落下了怎么办？"

她摇头，满脸的固执，说："我不会的！"

小姑娘再怎么委屈，再如何坚持，还是没有去上表演班。这件事后，小姑娘变得郁郁寡欢，凑巧的是小姑娘所在的学校正在准备晚会，刚好有一部舞台剧招募小演员，她跃跃欲试，偷偷地去报了名，并且成功地被录取了。

她把这次机会看作是自己的舞台处女作，每天的课余时间都用在了研究角色上，她并不是主角，但比谁都更为积极地投入其中，每一次的排练她都不缺席，不嫌脏更不怕累。

世界就像是一个舞台，真正付出的人，终会绽放出属于自己的夺目光芒。演出那天，学校演播厅里座无虚席，小姑娘的父母也坐在台下，他们只知道小姑娘参与此次表演，却没想过这个小小的孩子对表演如此热爱。

演出开始后不久，主角陆续出场，小姑娘也穿着滑稽的衣服滚上了舞台，她脸上是灿烂的笑，一举一动都可爱逗趣，成为了整场演出的亮点。

这时观众的目光不免被她吸引，被她的动作逗笑、被她的神情牵引，出神地看着她在舞台上蹦蹦跳跳。小女孩将自己变成了舞台本身，神情动人，台下众人无一不被她感染。

小女孩下台后笑得欢快，她的爸爸妈妈被打动，最终给她报了表演班，往后再提起这事时，他们庆幸当时没有让孩子失去儿时的梦想。

我问自己，为什么对于梦想，竟不如一个小小孩子懂得坚持？

她是一个从小就明白自己想要什么的孩子，她的目标很简单。她不为挫折伤感，不为坎坷忧愁，她坚持着自己的理想，坚持让生命变得精彩。

这也让我反思，我想，通往梦想之路上的种种艰辛其实是考验，如果我没有觉悟，是不是就此失去了我热爱的东西？

坚持就要承受失败的考验，无论生活在怎样的环境中，如果对喜欢的事情没有坚持下去的信念，怎么会得到自己想要的结局呢？

不经历风雨，难长成参天大树；不受百炼，难以成坚硬钢铁。只有执着于自己的梦想，凭着永不言弃的信念和坚持不懈的意志，才能给理想的天空涂上人生最亮的色彩。

坚持是一种信念，就算在滑坡摔倒一百次，我们也要第一百零一次爬起来。司马迁靠坚持在遭受宫刑后没有对自己失去信心，发愤撰写《史记》；陈景润靠坚持半生钻研演算草稿，才用血汗摘取了明珠享誉世界；王羲之坚持每日练习书法，持之以恒，才能挥毫盖世，被尊称为书圣。

就像河蚌忍受了沙粒，铁剑承受了烈火，通过了磨砺和淬炼，才能有最后的光彩。去努力追求，去顽强拼搏，去探索寻觅，不怕困难，不怕失败，我们就一定能在坚持中有所收获、有所体会、有所建树，得到一个又一个争取而来的卓越成就。

总有一个梦想能在现实开出绚烂的花，只要我们不因为花期漫长而放弃对它浇灌。半途而废是永远无法成功的，漫漫人生路，只有坚持才能照亮我们的前进方向。

■ 乐观有着无穷的感染力（作者：LUCKY 珊瑚）

人生总会有各种各样的不如意，关于梦想，常常会有各种负能量摆在我们眼前成为前进的负担，能够乐观去面对的人却能轻松地绕过这些负能量，并感染周围的人。

哲子是一家婚纱店的老板，当初选择这个行业是为了满足女友希望结婚时换十套婚纱的梦想，为此，他曾经把将这家婚纱店做大做强视为自己这辈子奋斗的目标。可这个目标持续了不到两年的时间，哲子心爱的女孩儿就和她的前任破镜重圆了，而他被甩了。

听说当时女孩儿只是为了报复才跟他在一起，他觉得被骗，恼羞成怒，于是给店里每件婚纱和礼服都下了“咒”，诅咒穿上婚纱的女孩都会和伴侣分手。

听上去挺幼稚的，但他当时觉得特别解气。从那以后他便不苟言笑，看什么都不顺眼，甚至会对来店里挑婚纱的情侣恶言相向，吓得人家不敢进门，店员们一个个离开，生意也冷清下来。闲来无事的哲子每天只坐在店里发呆，盯着对面街的那家金融服务公司，看门面里那个专门处理客户投诉的店员被客户责骂，觉得特别过瘾。这样扭曲的心态持续了一段时间，直到投诉岗店员换到第六任。

处理投诉业务的店员每天都会遭遇客户劈头盖脸的发泄，一不小心就会被客户的唾沫星子淹死，所以前几位承受不了这样的压力，干没几天就辞职走了，但是公司的老大无所谓，常换常新，只要出钱就有人帮忙“抗雷”，何乐而不为。

有天一大早，一个穿着职业装，打扮得干干净净的女孩子站在门面等着开门，显然，她是新来的，因为每个新来金融服务公司的员工，都会提早两个小时到，公司以此试她的耐心和诚意。

她要做的自然就是处理“压力山大”的客户投诉。和前面五个人一样，她也被客户指着鼻子谩骂，拍桌子、暴跳如雷的不在少数，有些素质低下的甚至打算动手，当然最后被拦住了。他照常隔着婚纱店的玻璃，看着人来人往的客户冲她发火，起初看着好玩，但渐渐地，他发现了她与众不同的地方，并对她产生好奇心。

她的台面上总放着一束鲜花，而且经常换，没见花枯萎过，闲下来她就笑着浇浇水、修剪枝叶，看上去很高兴；每天上班下班她都神采奕奕，同样被客户指责，前面几位先是忍了，到后面实在忍不了了要么掉眼泪，要么和客户吵起来，最后干脆辞职走人，但她没有，她始终低着头，等客户发泄完后递上一杯水再把客户送走，渐渐她干了八个多月……

哲子很好奇客户冲她吼的时候她在想些什么，她怎么能不生气还每天这么开心？但是他们之间毕竟没有交集，所以这个疑问一直萦绕在他的脑海里没有确切的答案。

一天傍晚，他准备关店的时候，她从对面急匆匆地跑进店里，问道："老板，您这儿租礼服吗？"

他先是愣了一下，缓过神来，想了一下回答："租啊。"

"太好了！您这儿租多少钱？能看下款式么？……"她连珠泡似的问了很多问题，她的老板要出席晚宴，老板娘打算租一套礼服充门面，指定她负责这事儿。

其实他这店只卖不租，但他当时不知道为什么好奇心"爆棚"，很想给那个萦绕已久的问题找个答案，就先应下了，她提出的一连串问题他一时半会儿答不上来。

“你把问题写下来吧，明天答复你，我现在要关门了。”

“哦哦，好的。”她麻利地写下了问题，嘱咐他明天上午过来。

第二天，她如约来到店里商量租礼服的事情，选定款式商量好租金之后，他朝着关心的问题打开话匣。他咳了两声，支支吾吾地说：“呃……呃……赶紧回去挨骂吗？”

他略带生硬的语气和不加考究的用词让气氛突然变得很尴尬，她不知怎么回答。过了一会儿，她用爽朗的笑声打破了寂静，回答道：“我这就回去了！”他想留她聊会儿，但找不到合适的理由和借口。

“等等！”他突然把她喊住，她吓了一跳，“衣服还没做好！”

她又逗留了半个小时。这期间他始终理不出询问的头绪，于是，他在衣服上做了点手脚，把其中两颗扣子拆了，这样，她就得再来一次了。

果然，她回来了。帮忙钉上扣子后，他问道：“你们那儿的客户好像很凶？”

“嗯嗯，是有点。”

“每天被人骂好受吗？”

“当然不好。”她不假思索地回答道。

“那你还干？他们骂你时你都想些什么？我看你每天心情都不错。”问了他很想知道答案的问题，他抬起头看了她一眼，期待她回答。

当时，阳光从对面的玻璃反射过来，刚好照在她的脸上，她肤质细腻、鼻梁高挺，虽然眉毛没有修过，却不杂乱，衬得她更精神了，她抿着嘴仔细检查礼服，脸颊露出两个酒窝，可爱里带着些调皮。这一眼让他慌了神，忘了要做什么，眼光却舍不得离开。

思考了一会儿，她说：“你见过乡下的牛吗？我在老家天天和它们一起，它们生气也会叫，但我没理由和它们吵架影响自己心情。在我眼里，这些客户就和那些牛一样，也有不开心的事情，这是再正常不过的了。再说，他们的话没让什么东西变坏，我那些花没有因此枯萎不是？我又何必自讨没趣？”

“你就没想过回家去，别在这儿每日受这样的闲气？”哲子问。

“回家？”女孩轻笑一声，“没想过，留在城里工作是我一直以来的梦想，这些负面的情绪还不至于影响到我的决心。”

说完，她抬起头调皮地看了他一眼，然后笑着走了。这一幕在他的心里留下了深深的印记，他再也没有办法让自己的目光毫无感觉地驻留在她身上。

接下来的日子里，他还是每天隔着玻璃盯着她，所不同的是他看到那些客户的举止，开始觉得有趣了，因为他们是城市里偶尔生气的“牛”，没什么不能原谅的，而她却是一个乐观快乐的“放牧人”，带着鲜花和微笑装点着自己的生活。

某天一大早，有个中年胖大叔带着四五个年轻人，看上去很凶，一进来就吼着要找老板，她着实吓了一跳。他看到了，从店里冲出来，打算去护着她，快到的时候，那伙人已经被门店经理招呼进里屋了，事情算是平息了下来。

慢慢地，他开始理解她的笑，不自觉地坐在店里等她出现，延长营业时间，看她下班后再关门，效仿她在柜台放置一束鲜花，跟着她浇水、修剪。他开始笑了，愿意与进店的客人说话、介绍店里的婚纱了……

就这样日复一日，哲子每天的生活有了不一样的颜色。或许他并没有意识到每日的一点点变化，但回过头看，他的心情与之前截然不同。本来他以为这样的日子会一直持续下去，突然有一天，金融公司被查封了，这意味着对面那个乐观的女孩不会再回来上班了。他着急，在客运站找到了打算回乡下的她。她即将上车前，哲子拦住了她。

“没活干所以回家是吗？”他气喘吁吁地问道。

“嗯嗯，谢谢你这段时间的照顾，找了好多家都没下文，回去也不错……”她一如既往地甜甜地笑着，话还没说完就被他打断了。

“你当初告诉我的梦想呢？这么轻易就被打败了吗？”哲子反问道，目光如炬地盯着她。

女孩顿时百感交集。是啊，梦想。当初她曾以此为由鼓励他，现在怎么反倒自己忘了，要让他来提醒才忆起？女孩握住行囊的手有些松了，轻轻叹了口气道：“是我懦弱了，哥哥，谢谢你，我再回城里找找看！”

“我店里缺人，你来吧！”哲子最终发出了邀约，这让女孩喜出望外。

“好呀！我什么都能干！你那里是什么岗位？我马上准备一下，明天上岗可以吗？”她兴奋地回答道，眼睛忽闪忽闪地看着他，全然恢复到最初那副勇往直前的模样。

“现在就可以上岗！”他坚定地说，“我缺一个梦想合伙人！”

她听完愣住了，很快又回过神来，感动地应道：“是！老板！”

○ 第三章

● 永远不要和梦想说再见

当你决定和梦想说再见的时候，相信你的内心是失望和痛苦的，因为梦想一旦远离，想要找回来没有那么容易。所以，不要轻易和梦想说再见，梦想是用来坚持的，而不是用来远离的。

■ 相信自己，相信梦想（作者：倾注年华）

毛不易的《牧马城市》唱到：“游历在大街和楼房，心中是骏马和猎场。最了不起的脆弱迷惘，不过就这样。”无论走向何方，我们都要心存梦想，哪怕前路迷茫，也能找到属于自己的方向。

初春，窗外下起了雨，我坐在木椅上，看着窗外淅淅沥沥的雨，耳机里放着《牧马城市》，心中思绪万千。我还是习惯一个人独处，习惯一个人想着诗和远方。

两年前听到吉米这个名字的时候，我脑海里浮现出一个皮肤白皙、弱不禁风的瘦弱男子的形象，但在一次骑行活动中偶然瞥见站在我面前的身高一米七、性格豪爽，手里拿着一瓶啤酒跟着骑友对瓶“吹”的东北大妹子时，我发现我错了。

“哎，你小子杵在那儿干啥呢？过来和姐喝一杯。”被酒精熏红了脸的吉米，瞅见桌上唯一一个在旁边小口嘬饮料的我，声音立马提高了八个分贝。

我张开嘴将杯子里的雪碧喝了一半，然后递到了她面前视死如归地说道：“为了我们的友谊，你往里面掺吧。”

接着，吉米怒火中烧，我被周围一众男同胞同情，知道我一喝酒就倒的人里，她是唯一一个可以逼着我喝酒的。

“三分之一，不能再少了。”我又喝下一口雪碧，与吉米对视，毫不退让。

咕噜噜。听到啤酒奔向瓶口一泻而下的声音，我松了一口气。

“你说你个小身板儿，喝啤酒都兑雪碧，以后不怕找不到对象？”吉米走过来把手搭在了我的肩膀上，“一口，把它干咯。”

我闭着眼睛一口闷了下去，脸憋得通红，吉米拍了拍我肩膀发出爽朗的笑声，这才放过我。

凌晨两点。

吉米拖着捋不直舌头的我走在大街上，刚走出夜市，喧嚣便全然褪去，微弱的路灯映照在路面上，树叶随微风摆动，沙沙作响，勉强还有一点意识的时候，我觉得挺浪漫的……在我没有被她摔到地上之前。

“弟啊，毕业后想干吗？见你平常训练都挺积极的，是不是想当个职业车手？”吉米坐在路边晃了晃脑袋，让自己保持清醒，抬头仰望星空，丝毫没有在意躺在地上嗷嗷叫的我。

这一摔我也清醒了不少，拍走身上的灰坐正之后，我使劲儿揉着太阳穴：“不知道不知道，想这么多干吗？还有两年呢。”

“我说真的。”

吉米突然转过头来，非常认真地看着我，说真的，我从未见她如此正经过。

我心里暗暗叹了口气：反常必有妖。我对她说：“说不定呢，我骑车有五年了，爱这玩意儿，说不想去肯定是假的。”

“喏。”吉米从兜里翻出一张纸递给我，看那布满褶皱的样子，她一定是看过很多遍了。

“A 省省队招生考核通知……”

等我反应过来仔细看上面的文字时，又被吉米夺了回去，她将纸迅速揣进了兜里，双手托着下巴看着前面。

“你你……你不会报名了吧？”我瞪大了眼睛，一副见了鬼的样子。

“后天就走。弟啊，以后老姐可能没时间照顾你了，早点找个对象啊，好让老姐放心。”吉米咧开嘴笑了出来，如果我没有记错的话，当时我看到了她低下头之后，右手默默擦拭眼角的动作。

虽说吉米骑车的实力很强，胆子也大，在业余比赛中获奖无数，但业余终究是业余啊。

“姐啊，你可要想清楚，这职业的路可不是谁都能走的。”我挠了挠头，感觉一阵头疼。

“小时候想着未来很遥远，一直听爸妈的话，现在考上大学了，我想为自己活一次。”不知什么时候已经站起身的吉米背对着我，背影略显单薄。

丁零零……

“哪个瓜娃子打扰我睡觉！”闷在被窝里熟睡的我被不友好的手机铃声吵醒，抓过手机看见来电显示，我的拇指立马滑向了右边的绿色接听按钮。

“快点起床了！说好的早上拉练不记得了吗？我在男寝下面等你好久了！”熟悉的大嗓门吓得我把手机一甩，穿上骑行服扛着车子就往楼下跑，来不及梳理那乱糟糟的头发。

那晚吉米把我一人丢在大街上走后，我是怎样回来的，至今都是一个迷。

早晨的凉风吹散了我的睡意，大自然的气息永远都是那么舒服，看见初升的太阳散发出璀璨光芒，我一下子精神了。

“今天骑盘山公路吧。”穿上骑行服后散发出女神气质的吉米着实迷人，凭我们这哥们的友谊，我怎么都要给她介绍个对象。

我心里刚还在嘀咕，吉米话不多讲，骑上车开始加速冲刺，把我晾在了原地。

盘山公路主要以上下坡为主，植被覆盖率高，这是我们喜欢的骑行路线之一。

“哎，别骑太快啊，今天车多！”吉米见着下坡就两眼放光的性子还是改不了，哪怕在这急转弯车多的路上也是一样。

照她的话说就是：“上坡的乐趣就是为了等待下坡的到来，都累了这么久，怕什么！”

我回想起她没有逻辑的话，笑意浮上脸庞，摇了摇头赶忙追了上去，面对一名实力与我相当的女生，我是一刻都不能停下啊。

果不其然，等我停下脚步让自行车利用惯性滑行，几分钟时间，就不见吉米的人影了。

不对！出状况了。

我半眯着眼睛，取下了有点影响我视力的骑行眼镜，看到马路旁边的草垛上趴着一个人，自行车安静躺在马路边，后轮还在不停转动。

突然心里一紧，我骑过去将车扔在路边，慌忙跑过去查看情况："叫你小心点小心点，就是不听，现在好了吧，出事了吧。"说着说着，见她没有反应，我小声哭起来，不敢轻易动她。

我望了望四周，一片空旷，今天拉练的就我们俩，我感觉到无助，我想呐喊，但卡在喉咙里声音变得嘶哑。

"真晦气，怎么今天就跟着你小子蹲在这儿哭丧呢，还不快把你老姐我扶起来。"就在我准备跑到马路上拦车的时候，吉米的声音传入我的耳朵里。

她翻过身来，草垛下的砂砾细石划伤了她的脸颊，流出了暗红色的血。还好带了急救包，我准备给她简单处理一下。

"干啥呢？老娘没这么矫情，快点扶我起来，还没骑完呢。"吉米一把拍掉了我手上的酒精，扯着我的手站了起来，整理了一下衣着，将手套重新带好，朝着自己的车走去。

"哎，你确定没事了？"我真怕她走着走着半路突然倒在地上，内伤都不会这么快显示出来。

“当然没事了，老娘的手脚都健全呢，刚刚不过是地上沙子多，我避让车子按了个后刹，滑倒了。没事没事，话说你咋磨磨叽叽的呢，骑不骑啊？”吉米转过来不耐烦地挥了挥手。

她的右脸上已经出现了血痂，但她丝毫没有在意。我当时心想，哪个女生不爱美？如果她不爱美，那多半是因为她正在做一件她认为比保持美更重要的事情。

我心脏突然一紧，将她所有的成就和背后的付出联系在一起，我不知道究竟有多少个日夜，一个女孩儿在我们看不见的地方独自徘徊，挥洒汗水，即便摔得遍体鳞伤，依旧一往无前。

想起当时的情景我至今心有余悸，我居然答应她，如果出了什么事，我真成千古罪人了。

从医院出来，吉米脸上多了两块被胶带附紧的纱布，夕阳下山，吉米放下车后又拉着我走到了一条了无人迹的乡间小路。正值春季，两旁的稻田焕发出新生，我们隐约听见远方火车传来的轰鸣声，在轨道上渐行渐远。

在繁华都市中，能找到这样一处宝地，实属不易。

“每次当我心情不好的时候，我就一个人来这儿散散心，爱上骑行后，总想往大自然跑，在别人眼里我就是一个‘不务正业’的疯女孩，不过我并不在意他们的看法，毕竟，说出来被嘲笑、质疑的梦想，才值得我去付出实践，职业赛手梦，我做了好多年。”

预料到结果的我叹了口气，吉米的性子固执，认定了就很难改变。我说：“想去就去吧，就算没考上，哥几个在这儿等你回来，你还有我们呢。”

吉米捂着嘴笑了，晃了晃那散开悬在肩上的短发，眼睛弯得像月牙一般，松开手后露出两个甜甜的小酒窝，任由阳光照耀在脸上，仅管她脸上的膏药还未撕下，但那一刻，她很美。

“姐，终于看到你女生一回了。”我大义凛然地拍了拍自己的胸脯，“放心，对象的事，包在我身上。”

之后……就没有下文了。

第二天早晨，吉米还是走了，一个人拖着行李箱去追寻自己的世界。

她走的时候没有跟任何人讲，我想她不想看见我们这群大老爷们勾肩搭背哭个稀里哗啦，然后自己头也不回潇洒地挥一挥手的场景。

三个月后，我意外地接到了吉米的短信：我在这边一切安好，有时间一定回来看各位，老弟请放心。

原来三个月之前她顺利通过了省队的考核，并且开始了长达一年的封闭训练，而这是她背着教练偷偷给我发的一条短信。

“一切安好。”虽然有很多话想说，但我仅仅回了四个字。

时间如白驹过隙，一晃过去了两年，我和吉米保持联系，没等到她的消息，我就去翻看各大体育报刊，希望找到她的名字，每当看见获奖者名单上有她的名字，我就很欣慰。

想想自己如今的状况，我唏嘘不已。现在我多想坦白地告诉她答案：“曾几何时我拥有与你一样的梦想，但唯一不同的是，你付诸了实践，并且获得了成功，而我却步入了芸芸众生之中。”

步入现实的我们，逐渐变得不复当年，一起拉练的队友现在进入了各行各业，忙得没有时间骑车了，为了生活，为了工作，我们是一群没有付诸实践而空有梦想的人，按部就班艰难地活在流水线上。

我看着挂在墙上的那辆自行车，脚踏板已经被我拆下单独收了起来，它承载的不仅是我青春的记忆，还有已经沉睡的属于我的梦想。

如果时光可以倒退，我想回到吉米走的那天清晨，我将拖着行李箱，提前在车站等候，等她来的时候，我会站在她的面前说："我想和你一起去试试！"

■ 希望总在转角处（作者：麦承欢）

希望是生命的瑰丽朝霞，你应当在希望中生活，并在希望中奋进，去开拓你的人生之路。假如生活欺骗了你，不要害怕，希望就在转角处，它永远在等你，照亮你的人生之路。

爱丽丝是一名美术艺考生，结束了高二的课程后，她就背着画板北上学画画，辗转于各大城市参加大学美术自主招生考试，同时学习文化课程。虽然很累，但她觉得很充实很快乐。

功夫不负有心人，上天没有辜负她的努力，经过艰苦奋斗，她考进了北方某所重点大学的动漫设计专业，这个专业在全国排名第二。

经过勤奋灌溉的成功之花，总是特别美，因此她对大学生活充满向往。能进修自己喜欢的专业，实现自己的梦想，让她在整个大学期间都充满了动力，成绩一直名列前茅。

光阴如白驹过隙，很快，四年就过去了。毕业之际，她面临很多选择。是回去四线小城市的老家考公务员，还是留在大城市拼搏呢？如果留在大城市，是去杂志社工作还是去网站工作？要在哪里租房子？是不是应该找一个人陪自己留在大城市打拼？不然会好寂寞……

爱丽丝发现自己潜意识里更想留在大城市拼搏，因为她会思考一些留下来会遇到的问题，从来没有想过回去老家考公务员的事情。毕竟，画画一直是她的梦想，为了这个梦想，她不断付出，不断努力，画画已经融进了她的骨肉里，成为她人生的一部分。如果哪天不画画了，她觉得自己一定会失去生活下去的动力。

作为年级优秀学生，每年都拿奖学金、多次比赛取得优异成绩的爱丽丝，从来没有想到自己找工作的时候会如此兵荒马乱，甚至有些鸡飞狗跳。

千挑万选后，她在招聘广告上看到行业内有名的外资动画公司招聘动画设计师，开出的条件她全部都符合，于是她信心满满地应聘了。在公交车上，她仿佛看见了自己美好的未来：进入外企工作，成为宫崎骏那样世界闻名的动画大师，每天打扮得漂漂亮亮，每个人都是她的粉丝，生活充满鲜花与掌声。

来到外企，爱丽丝被深深地折服了，光鲜的八十八层高楼大厦，来往的都是摩登的女郎和西装革履的男士，比电视剧还要励志。进入电梯前，她给自己打气："加油！爱丽丝！你一定行的！"

但当她上到第二十九层会议室时，被里面的情景吓了一跳，偌大的会议室挤满了人，每个人手上都拿着厚厚的资料，大家不仅带了简历，还带来了自己的作品。看着那些朝气蓬勃的脸，爱丽丝第一次生出了天外有天、人外有人的感觉。

忐忑中，爱丽丝进行了第一轮笔试，整个教室黑压压的，每个人都奋笔疾书，笔尖落在桌面上的声音，让空气中充满了硝烟味。爱丽丝实实在在地感受到了来自社会的残酷竞争。这一次比高考更为残酷，因为这份工作关乎未来的人生，要是能进入这家知名外资动画公司工作个几年，很有可能成为动漫界的大神。

结束了笔试后，就进入到团队面试的环节，每五个人一组，组成正反方进行辩论，爱丽丝这一组抽到的题目是“动漫设计需要灵感多一些还是实力多一些”。作为正方，爱丽丝需要呈述的是动漫设计需要灵感多一些，但她内心其实更认同需要实力多一些。

因为她觉得自己经过这么多年的努力，即使没有灵感，依然画得出很满意的动漫作品。她认为，只有懒惰的人才会找这种拙劣的借口，实则掩盖自己的不作为。在潜意识中，爱丽丝的回答并不是太令人满意。看见主考官不太好的脸色，爱丽丝心一沉，总觉得自己的工作要黄了。

折腾了一个下午，直到六点钟，爱丽丝才拖着疲惫的身体回去。临走前，主考官说:“过了初试的同学，我们会以短信形式通知，没有过的同学也不要灰心，请继续努力，等你足够优秀了，欢迎与我们公司再次合作。”

面对来自全国的人才，爱丽丝知道自己在团队答辩的时候表现不是那么优秀，但是她大学四年的成绩优异，又在很多比赛中取得优异成绩，即使面试的时候差一点，也没有太大关系吧！

心中带着希冀，爱丽丝一连等了三天，还是没有等到短信，她焦急了，难道她真的被刷下来了？可是不应该，一场团队答辩而已，又代表不了什么！只要能够创作出优秀的作品，谁管你画画的时候是灵感多一点还是实力多一点呢？总不至于就因为这个荒谬的理由而否定她吧？

不会的！不会的！

爱丽丝的心像被蚂蚁啃噬着，焦躁不安，天知道她有多想进入这家世界知名动画公司，跟那些优秀的师姐师哥学习，跟国际接轨，让更多人看到自己的作品。这个梦想一直支撑着她，如果不能实现梦想，她简直不敢想象自己会如何溃败。

又等了两天，还是没有任何消息，爱丽丝急了。拿出名片，打电话到公司的前台，小心翼翼地问："你好，我想问一下，前五天贵公司组织的求职考试有结果了吗？"

电话里传来了前台小姐甜美的声音："你好，结果已经出来了，凡是通过了公司考试的求职者，我们已通知进行第二轮考试。"

爱丽丝脸色灰白，大脑一片空白，她“啪”的一声挂了电话，全身冰冷，泪水夺眶而出，浸湿了衣领。她的心一点一点下沉，没了、没了，一切都没了……

这么多年来的努力都白费了，她失去了一个好平台，失去了一个好机会，失去了发光发热的最好时机。那些不分昼夜画画的光阴，都成为了笑话。爱丽丝猛地把桌上的画板砸在地上，发出的声音好像在嘲笑她像个小丑一样。爱丽丝崩溃痛哭，心像被玻璃碎片扎过一样痛……

接下来很长一段时间，爱丽丝再也没有了去面试的热情，每天过得像行尸走肉，不画画了，就天天上网看电视。只有这样，她心中的痛苦才能减轻，只要接触到跟画画相关的东西，她就会想起那次失败的求职经历，想起自己只是一个失败者，彻头彻尾的失败者。

师姐安娜知道了她的情况，很为她担心，便把她约了出来。她们约在了安娜开的咖啡店，这是一家以动漫为主题的咖啡馆。有别于传统的咖啡厅，这里的基调以明亮的暖色为主，墙上贴满了新奇有趣的动漫海报，咖啡馆里摆放一些动漫娃娃。独特的风格吸引了很多年轻人来这里，咖啡馆每天的生意都很好。

安娜给爱丽丝点了一杯蓝山咖啡，笑着说：“爱丽丝，你知道吗？我曾经也去过那家公司面试，结果我失败了。那段时间我痛苦、迷茫，觉得自己好差劲，甚至想到了自暴自弃。”

爱丽丝很吃惊，她以为这么优秀的师姐是不可能被拒绝的，她说：“师姐，他们不要你是他们的损失，你看你自己开店多成功。”

师姐说：“爱丽丝，这句话也适用于你。他们不要你，你就要证明他们有眼无珠。你知道吗？条条大道通罗马，希望总在转角处，就算他们不要你，你也有值得你发光发热的地方。施展你的才华，总有一天，你会感谢他们的拒绝，这是你成功的转角处。”

这时候，又有一批客人进店了，每个客人对师姐亲手设计的动漫作品都十分欣赏，眼中发着亮晶晶的光，这是对一个设计师最好的赞扬。就在这一刻，爱丽丝信誓旦旦地说：“师姐，你放心，希望总在转角处，我要感谢他们的拒绝，让我找到了更适合自己的地方。”

师姐给她打气：“爱丽丝，加油！你是最优秀的！”

回去之后，爱丽丝上网找到了一家民企，虽然公司才成立一年，但是已经拿到了文化部和教育部的资金支持，未来的发展前景绝对很好，她毫不犹豫地投了简历。

这一次，爱丽丝没有任何悬念地通过了公司的考核，主考官很激动地说："我们公司立志要成为全国最优秀的动漫公司，你的动漫设计实在太棒了，公司非常需要你这样的人才，我谨代表我们公司，热情欢迎你的到来。"

这种被认可的感觉让爱丽丝心生感动，她顿时有了士为知己者死的感觉，答应了立马来上班。

进入公司后，爱丽丝快速蜕变成长，因为心中怀着梦想，她对工作从来不抱怨，不产生抵触情绪，以最大的热情投入到工作中。即使总是经常加班，她也乐在其中，因为她是为自己的理想而奋斗的，她要与公司一起成长，成为国内最优秀的动漫设计师。

兢兢业业地努力了三年，爱丽丝的多部动漫作品被搬上了银幕，被集结成书出版，获得很多观众和读者的喜爱。她以甜美轻松的画风，收获了很多粉丝，网上的粉丝数量不断增加，因为粉丝的热烈呼唤，公司决定给她开读者见面会。

看到自己的作品受欢迎，爱丽丝很感慨，她约了师姐安娜见面，还是在那家咖啡馆。安娜的咖啡馆已经开到第七家了，下一步，她打算让动漫咖啡馆成为一个品牌，打造一个动漫咖啡王国。

爱丽丝衷心地说：“师姐，谢谢你，要不是你点醒了我，说不定我还深陷在那次的挫败之中无法走出阴影呢。没有你，就没有现在的我。”

安娜很为她高兴，谦虚地说：“不，成就你的，是你自己。爱丽丝，以后无论你遇到什么困难，都不要一直颓废。人生之路本来就不是一条平坦大道，希望往往在转角处。既然这条路上没有你想要的结果，就继续大胆往前走，只要你迈出那一步了，你就会在转角遇到希望。”

爱丽丝抱拳道：“师姐，我会继续努力的。”

后来，爱丽丝遇到创作瓶颈或是其他困难，都会想起师姐的话。既然这里得不到结果，就继续往前走吧，希望就在转角处等着她呢。

人生并不是一成不变的，总会有高潮、低谷，有惊喜、挫败。如果在一个地方遇见了低谷和挫败，请你不要放弃自己，继续往前走，看一看下个路口会遇到什么吧。

当我们坚持一小步一小步地向前走，总会在其中一个转角找到希望。人生便是这样，可以迷茫，可以迷失，但千万不要停留太久，因为希望总在转角处开出最灿烂的花朵，转有处有最美丽的风景。

■ 既选之，则安之（作者：松尤）

很多时候，我们不能保证自己的每一次选择都是正确的、能够得偿所愿的，我们唯一能确信的是从来不会后悔自己的选择。不管这次的选择是好的还是坏的，既然我们选择了，就一定要勇敢地、大步地走下去！

——如何才能彻底地摧毁一个人？

——让他努力，拼命地努力，让他坚信只要努力就会有收获，最后，让他所有的努力都白费，让他看不到一点点希望，让他颓丧。

桃子就是这样被摧毁的。她寒窗苦读十多年，春去冬来、寒来暑往，从未有过丁点懈怠，她想着无论怎样，自己最起码能考上一本，但没想到，她的一腔热血，全毁在了高考上。

她的分数，刚过了本科线。

她的分数特别尴尬，往上报志愿，本科院校不收，往下报志愿，专科学校她又不想去。如果不是这次发挥失常，她的分数不会这么低。

但是，万事没有如果。所有的“如果”都是懦夫的借口，是失败者为自己的无能所作的苍白辩解。桃子深谙这个道理，所以出成绩那几天，在每个人都在为她找理由，说她特殊情况的时候，她却一言不发。

她在想：接下来怎么办？复读，还是随便读所大学？

父亲想让桃子复读，他觉得桃子的真实水平没有发挥出来，今年是个意外，明年再来一次，成绩肯定比今年好。

母亲想让桃子去上大学，她说今年是意外，谁又能保证明年不会有比这个意外更大的意外？万一明年分数更低，哭都找不到地方。

父母每天轮流在桃子耳朵旁念叨，父亲说“桃子听我的”，母亲说“妈妈不会害你的”，两个人都强迫桃子同意自己的选择，却都忘记问问桃子，她自己的选择是什么。

就在父母为了桃子的去留争执不休的时候，因为犹豫，桃子找到了班主任，问他到底该怎么办。

怎么办？班主任分析了桃子的情况后，问她：“你总是听别人说怎么做才好，那你自己想过要怎么选择吗？”

桃子摇摇头。

班主任说：“这件事情，不管我们谁提出意见，都只是你考虑的一个方向，复读也好，上大学也罢，不管选择哪一个，你都要自己作决定，这关乎你的未来，是你自己的未来，你要自己决定。”

班主任的话让桃子陷入了沉思之中。见桃子不说话，班主任继续说道：“你也要记着，不管你作出的决定是什么，你都要明白，既选之，则安之，既然选择了，就一定要在这个地方安下心来，稳稳扎扎地走好你未来的每一步。”

“既选之，则安之。”这句话在今后的很长一段时间都成了桃子的人生信条，因为这句话她考虑良久，最后决定复读。

复读这条路的辛苦是桃子一开始没有想到的。

这一年里，学校把复读班和高三分在了两栋教学楼里，学校似乎把所有的宝都押在了高三，他们给高三的教学楼上贴了很多标语：十年寒窗，盼前程似锦，百日苦战，誓金榜题名；历练三年，朝夕决定成败，拼搏百日，分秒扭转乾坤；题海对峙，谁为霸王？考场博弈，我占鳌头……学校花了大力气来为高三的学生加油打气，而桃子他们这些复读班的学生，连百日誓师大会都没有资格参加，从未得到学校的拥抱和鼓励。

桃子一直不觉得“高四”和高三有什么不一样，学校实在不应该这样区别对待他们，直到第一次月考成绩出来，她才恍然大悟：原来我们比你们多读一年并不占优势，相反，还可能是劣势。我们固有的老毛病会在“高四”的时候重新出现，习惯性地控制大脑，不知改进地继续填写错误的答案。

这是桃子在复读期间面对的第一个问题：她总是在重复过去的错误，错误的审题模式，错误的解题思路，造成错误的答案。

桃子在对答案的时候，总是恨不得咬碎自己的笔头，明明自己差一点就能够得到正确答案了，偏偏因为差了一点，屡次三番地在这里出错，错误的思路就像长在脑子里了一样，怎么都去不掉。

毫无技术含量的错误让桃子感到无比沮丧，她清楚，如果改不掉这个毛病，这次高考的成绩和前一年高考的成绩相比将毫无差别。

“既选之，则安之。”沮丧的时候，桃子会把这句话拿出来品品，既然选择了复读，就不能轻易放弃。

想明白这句话后，桃子立马就把自己做错的题都找出来重新做了一遍，做完后，她又把这些题，按照错误的原因分成几大类整理在了错题本上，每天攻克一个错误原因，小半个月左右，她竟能稳稳地避开一些常见的错误了。

其实这还不算是让桃子最头疼的问题，真正让桃子寝食难安的，是她的成绩在此之后一直提升不上去，就像是到了瓶颈一般，她的分数总是在那条线上徘徊，忽高忽低，却从来没有大爆发。

老师找到桃子，问她：“是不是最近懈怠了？最后一百天是同学们进步最快的一段时间，你却稳定在一条线上，这个时候你可不能放松啊，大家都在你追我赶，更何况，我们是复读班，既然当初选择了复读，就要死咬着这条路，拼命地走下去。”

桃子不知道该怎么跟老师说明自己的情况，明明自己没有放松，资料也没少看，怎么成绩就是上不去呢？

最绝望的时候，桃子甚至想着干脆破罐子破摔算了，大不了就跟去年一样，随便上所大学。

那几天桃子总是关注一些三流大学的信息，她甚至觉得自己以后肯定就是这些学校中的一员了。

就在桃子浑浑噩噩过了一段时间后，老师发现了她不对劲，于是找到她进行了第二次谈话："你是真的放弃自己了吗？如果你就是这个态度的话，你当初为什么要选择复读？既然是你自己选择的路，你就要对自己负责，每一个高三学子都有学习吃力的时候，都有想放弃的时候，但大家会很快地调整自己，但你，我观察了你大半个月，你一路奔波走到今天了，剩那么一小段路，却突然要原路折回，你不觉得遗憾吗？"

桃子有些委屈："可是我就像到了瓶颈一样，再也装不进任何知识了。"

老师反驳她："不是你到了瓶颈，是你给自己准备的瓶子太小了，有点野心，替自己换个大点的瓶子，你就会发现，你还有很多东西能够装进去。”老师鼓励她，“不要给自己设限，既然你当初选择了复读这条路，就不要怕苦，老师送你一句话：‘既然选择了远方，便只顾风雨兼程。’孩子，年轻的时候就要努力去证明给别人看，自己的选择是对的。”

桃子又想起了那句“既选之，则安之”，她曾把这句话写在每本练习册的第一页，每天默念一遍，她以为每日一读足够让自己明白这句话所蕴含的深意，没想到还是没有参透它，不然怎么会有放弃的想法呢？

现在桃子明白了，“既选之，则安之”其实是一种敢死队般的孤勇，选择了这条路就要走到底，勇敢面对这一路所有可能出现的风吹雨打，也许会有短暂的迷茫，但既然选择了，就不能轻言放弃，要信心百倍地整装待发、勇往直前。

想明白的桃子就像是开了挂一样，成绩突然有了很大的起色，最后的几次模拟考试，她的分数一次比一次高。她还是像之前一样，每天默读一遍“既选之，则安之”这句话，只不过与之前不一样的是，这时候的她，是带着无所畏惧的孤勇读这句话的。

六月份，高考如约而至。

桃子坐在考场里，情不自禁地想起了这一年来发生的所有事情，从她选择复读到重新坐在考场里，她也曾退缩过，但她最后无比感谢自己坚持下来了。

高考成绩出来后，桃子激动地抱着父母哭了起来。今年的分数足以支撑她去任何一个她想去的城市，学她想学的任何专业。

大家都说桃子的选择是正确的，可只有桃子自己知道，她最终成功不仅仅是因为她的选择，更多的是因为她面对自己的选择时的一腔孤勇。既然选择了这条路，就要一条路走到底，不管这一路有多辛苦，都不会放弃，永远坚信自己的选择是正确的，永远为自己的选择而努力。

的确，很多时候，我们不能保证自己的每一次选择都是正确的、能够得偿所愿的，我们唯一能确信的是从来不会后悔自己的选择。不管这次的选择是好还是坏，既然我选择了，就一定会勇敢地、大步地走下去！

选择固然重要，更重要的是自己面对选择时的态度。就像桃子，倘若她半途而废，再好的选择也无济于事。一旦她坚持下来，她就会发现自己的选择在冥冥之中被努力所庇佑，她会得到想要的结果。

既选之，则安之。既然相信自己的选择，就要坚毅地为之努力下去、奋斗下去。

■ 迷茫的时候，不要选择逃避（作者：松尤）

迷茫就像一团沉重的雾气，它把我们紧紧地包裹在怀里，我们挣不脱，逃不开，只有太阳出现后才能一点一点消化它。嘿！做自己的太阳吧，直面迷茫，让迷茫烟消雾散。

祖父曾告诫过我们这些小辈：“仰望星空很重要，但更重要的是脚踩大地。”早些年的我，对祖父的这句话嗤之以鼻，因为我觉得，既然我做了就一定要做到最好。那时候，我看不上脚踩大地，我想去手摘星辰。

就好像阿基米德曾需要个支点去撬动地球，刚毕业的我，则需要一架天梯去摘星辰。然而，那几年从来没有人提醒我要去哪里寻找那架天梯。

那些年，我总觉得自己怀才不遇，没有人赏识我，没有人帮助我，我一腔热血只能和着无边无际的加班、无边无际的琐碎工作，一起吞进自己的肚子里。

那是我整个人生中最一蹶不振的一段时光，我无时无刻不在抱怨：抱怨公司不够人性化，抱怨同事不够聪明，抱怨上司不明事理，抱怨小区的物业管理不好，甚至小区门口栓着的那条狗都被我报怨过。我当这个世界是不公平的，我当这个世界上的每一个人都把我的幸运、我登天的梯子藏了起来，我以为是因为这个世界太庸俗了，所以大家才看不到我到底有多优秀。

那几年里的我真的太暴躁了，我总觉得自己的付出和回报不成正比，工作上不顺心，更是像是毒瘤塞在我的心里。我每夜睡不好觉，每天都愤愤不平，我把一切过错都推给身边的人或物，却从未想过造成这一切的其实是自己。

那时候，我才二十五岁，还很年轻，然而年轻的我活得就像八十多岁的老人，我接二连三地受打击，对生活、对工作失去了信心，我觉得，不管我做什么都是无用功，我空有一腔抱负，然而天大地大根本没有我施展抱负的地方。

我陷入了无限迷茫之中。

最迷茫的时候，我甚至去找人算命。我去问“大师”，我这情况到底是因为命不好还是因为时候未到。

“大师”拿了我一千块钱，然后说我命里没有别强求，将来能混口饭吃就好了。

人很奇怪，明明已经判断出哪些话能信，哪些话不能信，可就像是要为自己的偷懒耍滑找借口一般，非要选择信那种一听就是骗人的话。我一直安慰自己，大师都说我命里没有了，就别再做梦登天了，阿基米德没有找到支点，我也不会找到天梯。

失去了摘星辰的动力，我的生活彻底变成了一摊死水，按部就班地上下班，机械地吃饭休息，生活变得索然无趣，我开始对未来感到无限恐慌，仿佛从我现在的样子中看到了十年后的我。

乏味，空洞，呆板。

因为恐慌，我拒绝思考，我不敢想明天，不敢想未来，我逃避一切建设性的话题，我对生活的迷茫造成了我对未来的恐慌，我以为我逃避了问题，问题就会自行解决、自己消失了。

“问题永远不会消失，旧的问题新的问题，简单的复杂的，问题只会越积越多，你只能自己去尝试解决，否则，就连你自己也会变成问题本身。”林姐如是说。

林姐是我们公司最有资历和能力的领导，当我得知她选择和我一起出差的时候，我觉得太不可思议了。我只是一个新人，没什么才华，我甚至觉得我们公司的员工轮几轮都轮不到我和她一起出差。没想到，竟然是她主动选择了我。

出差途中林姐几次问我，为什么现在的我看起来毫无生气，这和我刚进公司的时候的反差太大了，那个时候的我充满了干劲，用不好听的话来说，那时候的我，就像是一个时刻准备推翻老皇帝的叛军，时刻等待着去摘公司里最闪耀的星星。

林姐还说，她太喜欢那个时候天不怕地不怕的我了，那个小伙子光是看着就让人热血沸腾。而现在我就像是被掏空了灵魂，整个人都是空洞的，眼神里写满了对未来的迷茫，对自己不信任，对周围环境消极怠慢。

原来我的迷茫，已经明显到这个地步了。

我对林姐说：“应该是我觉得我的努力达不到我想要的结果吧，就像读书的时候，明明我的努力是能够支撑自己考 99 分的，然而我最后只考了 60 分，这种挫败感，很容易让人失去动力。明明我想要摘星星，生活却给了我一把尘土，这种挫败感让我怀疑自己。”

林姐说：“可能 60 分会带给你无限的挫败，但最重要的是，面对挫败我们不应该选择逃避，因为逃避永远不会解决问题，逃避也不能解除你的迷茫，生活是由无数个问题堆积起来的，我们只有直面问题，问题才能迎刃而解。”

林姐还说：“你们这个年纪的年轻人，确实特别容易对未来感到迷茫。对，很多人迷茫的时候，就会跟你一样选择逃避，但是，迷茫的时候，千万不要选择逃避，去做你所有能做的，运动也好，学习也罢，脑子和身子总要有一个动着，不要消极地选择逃避，只有直面迷茫，你的迷茫才会知难而退。”

出差回来后，我把林姐的话反复咀嚼了很多遍。

——只有直面问题，问题才能迎刃而解。

——只有直面迷茫，迷茫才会知难而退。

人之所以会迷茫，是因为对自己的未来没有规划，或许，我们心中是有想要的未来的，但我们从来都没有为未来努力过，没有详细计划过我们该如何一步一步走向它。

就像我，我一直都想摘星辰，我以为，只要我想要，这个世界就有现成的天梯供我攀爬，其实，我错了，我的天梯是需要我自己用心锤炼的。而我因为逃避了锤炼天梯的过程，所以永远都不会摘到星辰，永远都只会自怨自艾，永远都在自己的一方天地里，对未来感到迷茫。

我突然想起了祖父说过的那句话："仰望星空很重要，但更重要的是脚踩大地。"时隔多年再品这句话，我突然有了诸多感想。

祖父一辈子踏踏实实地做着给人写门联的工作，他总说做人不可投机取巧，不可好高骛远，就像写字一般，用心有无，纸上力度就可看出来，只有功夫到家了，才会入木三分，倘若不勤练功，整日好高骛远，将来有哭的时候。

我停止仰望星空，因为我懂得了：仰望星空的第一步是脚踩大地。

我重新审视了一遍我的工作。我是图书编辑，然而从业两年来，我从未真正独立做出过一本书，我一直看不上小作者小制作，我想做出一本大作者写出的惊世之作，然而，我忘了，不管是哪个大作者，都是从“小透明”一步一步成长为大神的。

我开始挖掘那些非常有潜力但没什么人气的小作者，我与他们彻夜长谈，我们一起做市场调查，一起做大纲整理，一起为某一阶段的失败而难过，一起为某一次的成功而雀跃不已。我一直告诫他们，失败也好成功也罢，我们把失败当教训，把成功当案例学习优点，更重要的是我们要脚踏实地，遇到困难的时候不要选择逃避，直面困难，困难才会迎刃而解。

或许，是我们直面困难、解决困难的决心感动了上天，我做的一本书突然畅销了，写这本书的小作者，也一夜之间成为了大神。

这个作者后来找我约了一顿饭，他跟我掏家底：“我写作快十年了，一直没什么人看我写的东西，而且因为我写书不挣钱，老家里的那些人总说我没出息，这么多年的大学白上了。你也知道，靠写书我不仅挣不到钱，甚至生存都成问题，我在我的文字里看到的不是这个城市的繁华，而是这个城市带给我的无限迷茫，我差一点坚持不下去。真的，谢谢你！谢谢你总是激励我，让我直视迷茫，让我不再逃避，真的，只有面对了，生活的尘埃里才会开出花来。”

他的一番话让我觉得我可以重新仰望星空了。

我后来陆陆续续带出几个小有名气的作者，看到他们成长到能够独当一面，我想起当初那个小小的团队互相加油打气的时候，有的人因为觉得太难了而想放弃，有的人因为看不到未来而感到迷茫，但不管怎样，我们都挺过来了，我们始终记得：不要逃避。

这四个字始终篆刻在我的心里，我永远记得二十五岁那年，有一个看不到未来的男青年，在一番心灵的洗礼下恍然大悟：这个世界永远不会停止出现问题，所以我们也永远不能停止解决问题。或许逃避问题会让我们有短暂的轻松感，但问题从来不会消失，迷茫也从来不会消散，所有的问题，所有的迷茫，都要我们脚踏实地去解决。只有我们一步一个脚印地走下去，生活才会带来惊喜。

《手可摘星辰》是我的一个作者写的一本书，她在书的扉页写了这样一段话：我始终相信，人的潜力是无穷大的，我们能够下海跟鲨鱼亲吻，也能够上天摸摸星星的头发，我当然也知道，这些很困难，可是，直面困难，拒绝迷茫，我们终有一天会成功的，不是吗？

■ 别把梦想丢了（作者：辛岁寒）

有些人越过山越过海，看过朝阳和黄昏，便不记得何时丢弃了梦想。有的人涉过水，踏过荆棘，依然保持最初的梦想。一路艰辛，别忘记随时带着梦想前行。

遇见小阿三那年，我刚从一个学生过渡到职场小菜鸟，也刚从用了五年生僻笔名的“小透明”，过渡到如今这个对笔名心满意足的作者。

改笔名期间，我没有拿起笔写过任何一个故事，小阿三及时出现，成为了我新笔名笔下第一个有故事的灵魂。

她对自己的故事有着“谜之自信”，仿佛看着别人的故事说着自己的心事。她听闻我要写故事，便缠着要我写她的故事。

她说，木头，我相信你。

她的故事不长不短，不惊艳却也不世俗。

一个关于假小子的外表之下柔弱姑娘的成长故事。一个关于为了梦想从北到南，再从南到北的流浪者的故事。一个属于你、我、他，我们曾经或多或少听过，真实发生在身边的故事。

最重要的是，故事里的她，对于梦想的执着，是无数人无法企及的。

小阿三喜欢听人叫他“三儿”，我们却爱叫她“三爷”。“三儿”和“三爷”仅一字之差，她却花了许多年，才将这个字纠正过来。

我认识她时，她已不是那个躺在父母怀里只知道天真烂漫的小姑娘。她爱留少年般蓬松的短发，穿着少年宽大的外衣，从头套到脚松松垮垮，她却说彰显出了她的简单大方。她总是像男孩子一样痞里痞气，却拥有着女孩子的秀气。

她有过许多“辉煌”事迹。比如，外表酷酷的她，说话做事，怎么也不像个姑娘。

开学第一天，小阿三被宿管阿姨当作男生带到男生宿舍里，直到她告诉宿管阿姨，才被当作异类“驱逐”到女寝，成为了寝室里的宝。

她从小爱好文字，摸爬滚打许多年，不见一点长进，写字永远是口水连篇，连断句都困难，但她偏偏一爱就是许多年，哪怕被嘲笑、无数次被编辑

“吐槽”。

她明明想装一个酷酷的汉子，可内心有着女孩子的敏感和细腻，跟吵架的父母硬碰硬，跟不听话的弟弟打闹，转身还能跟男朋友撒娇……

刚认识她的人都会说她是个沉默寡言的人，只有了解她的人才知道，她表面话不多，背地里却是个话痨。她会噼里啪啦把所有的事情都跟我讲，包括她在做什么，她今天换了什么装备，她剪了什么发型，连对着镜子夸自己帅，她也要对我说。

她玩摄影，立志把所有能拍的长腿美女、短腿小可爱都拍尽。

她曾经夸下海口，说哪怕凭一己之力，也要试试看和自己喜欢的东西在一起。哪怕所有人都不支持，她也要坚持梦想。哪怕这个梦想对别人来说一文不值，或者根本养不活她，她也想趁年轻，多尝试。

小阿三正是凭着这股精神打动了我。

那时，许多人嘲笑她愚昧无知，嘲笑她天真，做遥远得不可触碰的梦。然而到最后，大家皆被她的实际行动打了脸。

从此以后，“三儿”变成了“三爷”。

不仅是因为她霸气的外表，还因为她做事霸气。

认识她以后，她总对我说，木头，我不爱什么坚持不懈，我就喜欢想到了就去做，不给自己任何后悔的机会。

恰好我也是这样的人，于是我们悄悄地有了交集。

我佩服她身上总有用不完的活力，她佩服我的雷厉风行。

其实我们都知道，我们有颓丧到极点的时候，也有十分严重的拖延症，可我们最大的相似点就是对待工作认真而诚恳。

这种东西，并不是人人都能学会的。

很多人因为一点儿才能便高傲，而她却能坚持低调，虚心学习。

在一个风和日丽的春天，她突然转身干起了新媒体微信公众号。微信公众号走温暖治愈风路线，加上为别人解答心事、解除疑惑等功能，迅速蔓延开来。

读者却说，那是他们见过的最孤独的公众号。

孤独得就像明明许多人坐在身侧，还是感觉全世界只剩下自己一个人。

那时的小阿三，确实正在经历人生最低谷，她把自己的情绪融进了微信公众号里。

她背着行囊，从遥远的北方，孤身一人来到我的城市；从一所比较好的高中，考到了这个城市不太好的大学；从一个被人满怀期待的高中生，变成了一个学历背景太低的大学生。

她的人生跌宕起伏，迷失在纷扰多变的现实里。

那时的她，放下了自己的一切，拼命融进这个陌生而孤寂的城市，融进偏僻而清冷的学校。她参加了许多组织，参加了许多活动，也加入了学生工作室，她将整整两年的青春贡献给了学校。

她却把自己的梦想丢了，也把自己的人生丢了。

工作室的关闭以及微信公众号的沦落，都是她的“杰作”。

工作室的小伙伴不理解她，她也不知道作何解释，她向来就是一个不知道该怎么解释的人，不知道该怎么说话。

她破罐子破摔了。

世界在她眼里便越来越冷。她迷失了方向，再没有从前那般想做便做、想走便走的热情。

当我还在大四时，小阿三成为了我的小老板。她凭她的才华，加入了我所在的公司，并迅速成为了公司的编辑之一。

不幸的是，那时的她还没有完全找回自己的方向，也没有自己的想法和一想到便要去做的决断力，她成了公司里被骂得最多的人。

谈合作出错，和顾客交流出错，和下属交代工作出错……她频繁出错，常常怀疑人生。

有一次重要合作，领导交给她去交涉。合作方是领导的朋友十分重要，领导向朋友夸下海口说一定圆满完成项目。她竟忘了了解清楚客户的需求，不跟客户交流便按照自己的想法去做，最终成果交到客户手上时，害得领导在朋友面前失信，气得转身给她停了职。

她窝在家里，变得很悲伤很阴沉。

她觉得是自己拖了公司后腿，可又无可奈何。

她仿佛陷入了死循环中，找不到生命的意义。

她给我发微信：木头，我好想去死一死。

我说，那你去吧。遇到一点小事便要去死一死，那不是我的“三爷”。

那个晚上，她和我沉下心来进行了认识以来最长的一次对话。

我们从过去聊到现在，再聊到未来。

她消失了一整天。回来后她告诉我，她已明白如何做。

我相信她。

我一直都相信她。

虽然那时她失去了很多，但她生命中还有写作，她还能坚持写作。她向她的师父寻求帮助，把师父给的书单从头到尾一本不落地读完。

渐渐地，她终于有了勇气和思路，将自己的孤独和迷茫写进书中，留给有缘人看。她重新开始交友，懂得选择交往明白和支持自己的人。

她从“三爷”变回了“三儿”，头发却越来越短。

她回到了公司，面对新生的公司，以她最饱满的热情，带领幼小的被忽视的部门，成为公司不可缺少的顶梁柱。最终她成为了那个公司的股东，和其他股东一起，将公司做大。

她终于找回了自己，找回了那句口头禅：我就喜欢想到了就去做，不给自己任何后悔的机会。

她又背起背包，从南方辗转到长沙，在那里生根发芽。公司在他们的引领下做得越来越大，他们层层堆砌，努力拼搏。

小阿三依旧是公司里那个不可多得的，像宝一样的“男孩子”，她终于不再是过去那个浑身负能量，遇事总想死一死的姑娘。

她看着我笑：木头，别把梦想丢了。

她依旧阳光帅气，依旧和蔼客气，和过去一样为梦想奋不顾身。

从北到南，从南到北，小阿三一直远离家乡为了梦想漂泊，屡战屡败、屡败屡战。庆幸的是，梦想没有辜负她。

许久以后，对于小阿三来说，曾经的黑暗迷茫，虽如针一样扎在她的胸口，却时时刻刻提醒她：人生路上，几乎什么都可以丢，唯独好不容易找到的梦想不可丢。

有的人终其一生都没找到自己的梦想，以及自己奋斗的方向。

有梦想陪伴，才会一路繁花似锦，香气扑人。

无论前路多么迷乱、多么诱惑，有梦想在身旁，你总不会迷失方向。

■ 做梦的人不会轻易老去（作者：三耳姑娘）

岁月易逝，容颜易老。曾经怀揣梦想的少年，终于长成了梦想中的模样。经年流转的间隙里，他斗过了苍穹，战胜了荆棘，成就了不朽的未来。

白驹过隙，我竟记不起当初那个爱花花草草的女子，究竟长成了什么模样，脑海中唯独残留着一缕淡淡的花香。

前几日，我出差时偶然经过一家花店，拖着疲惫的身体走进去。那些娇艳欲滴的花朵，丝丝缕缕的清香，瞬间赶走了我身体的疲劳。

正当我俯身闻着花香，想着买几枝回去装点卧室时，听到了一声熟悉的声音："晓晓？"

我转身看到了那个记忆中的女孩，那个走到哪里，哪里就飘着花香的姑娘。

"好久不见，小薇。"

多年未见的老同学，此刻站在我面前，明明我俩是相同的年纪，小薇的脸上却洋溢着青春的气息，皮肤好得不见一丝皱纹。而我的发间早已藏满了银丝。

“晓晓，我们真的很多年没见了。难得遇见，咱们聚一聚吧。”小薇握着我的手，手掌传来温热的触感。

虽然第二天还要赶飞机，但我郑重其事地点了点头。

临出门前，小薇特意挑了几枝我很喜欢的花，熟练地包了起来，递给了我，说道：“这家花店是我开的，这束花送给你。我知道你上学的时候特别喜欢这几种花。”

小薇的一句话就让我的眼泪掉了下来。

高一那年，我与小薇分到了一个宿舍，内向的我很少主动与别人说话。我坐在自己的床边，看着四周陌生的面孔。

大家都在默默地收拾着自己的床铺，门口传来一阵笑声，伴随着一股花香。这个人就是小薇。

她捧着一大束花走进来，脸上始终挂着笑容，与每一位室友热情地打招呼，并且送给每个人一朵花。

整个宿舍在她的带动下，竟热闹了起来，慢慢地大家互相介绍自己，交流了各自的兴趣爱好。

我就是在这个时候，认认真真地听着小薇讲述她的梦想。

当别人都梦想考上哪所一流大学时，小薇却说，她的梦想从来都不是考上大学，而是当一个花店老板，每日与鲜花为伴。

年幼的我们只当她是个没长大、爱做梦的女孩，并且对她的梦想付诸一笑，不甚在意。嬉闹间，小薇没有多说什么。

高一课业繁忙，大家闲暇时聊聊天文地理、八卦。一天，班主任走进教室，通知大家，高二开始要面临文理分班，希望大家认真思考，做出正确的选择，不要让自己遗憾。

那一晚回到宿舍，大家热烈地讨论。我与小薇的床铺头对头，我趴在床头问小薇选择文科还是理科。

小薇不假思索地说她选择理科。

我还没来得及问她为什么选择理科，就听到了下铺的室友大声说道："哎哟，小薇你不是要当花店的老板么？干吗还要跟我们抢饭碗？你应该去学文科。而且你不用考大学就可以当老板呢。"

那一刻，宿舍内突然安静了下来。小薇的成绩一直很好，她从来不偏科，文科成绩好，理科成绩同样好。我没想到这个问题竟然让小薇处于这样尴尬的境地。

那个年纪的我甚至还没学会如何帮助她化解尴尬。

这个时候，其他人附和道：“就是啊，小薇，你应该学文科，这样我们就少了一个竞争对手。”

我看着小薇从开心变成了难过，过了一会儿，她拉过被子蒙住了自己的头。其实，我看到了小薇双眼里饱含泪水。

暑假到来了，小薇没有与大家道别就收拾行李离开了学校，我甚至没来得及跟她说一声“对不起”。

殊不知年少无知的时候，梦想对一个人来说有多重要！

高二开学，小薇真的选择了理科，她选择了完全陌生的班级与同学，重新与同学培养感情。

小薇几乎不跟原宿舍的姐妹讲话了。但是每一次在校园碰到我，她都会冲我笑一笑，说上几句话。

原本我以为这种状态会持续到毕业，不承想，小薇出事了。

高三刚开学，学校组织毕业生开大会。大家在广场集合完毕后，人群突然骚动起来。随着人潮，我看到了主席台上站着的小薇。

她的脸上毫无表情，嘴唇紧紧地闭着，似乎忍着什么。这个样子比那天晚上她双眼含着泪水还要让人心疼。

只听到广播传来："高三（七）班葛小薇，目无校纪，逃课，荒废学业。特此提出批评，并希望所有高三毕业生引以为戒……"

小薇虽然热爱花草，但她从来没有因为这个梦想耽误学业。我想一定是哪里误会了。

大会一结束，我就跑向了小薇所在的班级，却没有看到小薇。我跟同学打听她，同学一律摇头，没有人回答。

后来，小薇没有参加高考。这成为了我高中的一个遗憾，我欠她一句"对不起"。

大一寒假，我回到母校。学校操场有一座后山，山上经过改造，种满了各种各样的花草，我想这应该是小薇最喜欢的地方了。

不知为何，看着那些花草，我的眼泪竟然不受控制地掉了下来。小薇，你到底在哪里？

“晓晓，是你么？”

我扭头，脸上还挂着泪珠，狼狈的模样出现在小薇眼前。她一如曾经，手上捧着一束鲜花，脸上挂着灿烂的笑容。

我扑上去，给了她一个“熊抱”。

原来，那次大会之前，她的父母赶到了学校，因为觉得羞耻，大会还没结束，他们就把小薇带走了。

按照小薇父母的意思，已经发生了这样的事，干脆书也别念了。他们让小薇去南方打工，正好那里四季如春，方便她实现梦想。

而小薇是个倔脾气，她是喜欢花，开花店确实是她的梦想，但她从来没打算放弃上大学这个梦想。

小薇与父母僵持到了高三毕业，她错失了一次高考的机会。那个暑假过后，她重新走入校园，站在校长的办公室，与校长沟通了一下午，最后，校长同意她复读一年，答应只要她考上大学为校争光，就把她的记过去掉。

争取来的这一次，小薇知道不容易。她没日没夜地学习，比以前更努力。她只有比别人付出更多的努力，才能得到自己想要的一切。

重逢的时间总是有限的，随着上课铃声敲响，小薇急匆匆把花束塞到我怀里，跑去了教室。

那一句“对不起”我还是没说出口……

假期结束，回到大学校园，一次马哲课上，老师突然合上课本，跟我们讨论人生与梦想这个哲学问题。

不知为何，这个话题我格外感兴趣，认认真真地从头听到尾。在那次课上，我才突然意识到小薇始终坚持的意义。

下课后，我在图书馆给小薇写了一封厚厚的信。那封信我反改了好几遍，斟酌了许久才放进包里。走出图书馆，我发现小花园的花朵都开了。

一时念起，我摘了几朵叫不上名字的花，回到宿舍铺展开，压平了与书信放在一起。寄给了小薇。

那封信，我不知道小薇有没有收到，我也从来没有收到过小薇的回信。一别竟然十年，小薇的生活是什么样的，我再也打听不到了。

“十年过去了，小薇，你还跟高中时一样，岁月竟没有在你身上留下一丝痕迹。”看着眼前的美女，我倒是有些自惭形秽了。

小薇搅动着杯中的果肉，沉思了一会儿才抬起头看着我，缓缓地说道：“晓晓，我收到了你那封信。对不起，我一直没给你回信。”

“你收到了呀，我一直以为寄丢了……”

“没有，你那封信对我帮助很大。”

原来，小薇当年真的逃了课，只因为当年市里举办大型花展，她冒着风险逃课去看，回来的时候，正好被校长撞见。

她怀里抱着花束，校长误以为她早恋。由于担心产生极坏的影响，校长对她提出了批评，小薇因为委屈，跟校长理论了几句。

其实，这些我听同学们说过，我握着小薇的手，欲言又止。

小薇抽出手，拍了拍我的手背，说道：“我知道你想说什么。不是你的错，其实我知道你想让我跟你一起选文科作伴。而我选择了理科，被她们嘲笑挖苦。

“晓晓，那时候我们还小，学不会呵护自己的梦想。还以为别人也跟自己一样，朝着梦想努力，却不知梦想的路宽度是有限的，只容许几个人通过。

“执着于自己的梦想，会被人嘲笑痴人说梦。我想，做梦就做梦吧，总比没有梦好。我虽然想做个花店老板，但我没有忘记，鲜花的成长需要科学养护。

“晓晓，你知道么？前些年有次同学会，我去参加了。那个宴会厅的鲜花都是我提供的，当初挖苦我的那些女生，一个晚上都不敢跟我说话。”

小薇说这些话的时候，脸上很平静。以前她很爱笑，现在的她气质优雅，容颜未老。

人们常说，梦想是遥远的，爱做梦的人都是长不大的孩子。而我却觉得梦想总是伴随一个人左右，当她懈怠时，梦想成为了敲边鼓；当她犹疑时，梦想成为了警钟。梦想成为了指引一个人走向成功的灯塔；梦想促使一个人年轻有活力；爱做梦的人，不会轻易老去。

■ 换个角度看，问题没那么严重（作者：LUCKY 珊瑚）

春寒料峭，冬日暖心，四时之景尚无唯一定论，更何况变幻多端的人生。说到底，生活中、工作中的种种不如意，有时换个角度看，杀伤力其实没有那么大。

和许多人一样，铃兰大学一毕业就踏进了一家世界500强企业的大门，成为一名令人羡慕的小白领。她始终上进、认真，视工作如生命，但由于这份工作专业度太高，她再努力也难免碰壁，于是她顿觉苦恼。一次偶然的机会，她认识了大学的学姐，学姐比她早几年入行，由于工作出色已经走上领导岗位，因此铃兰对她十分敬佩，期待能像她一样做一名出色的经理人。

学姐得知她的意图，很热心地帮助这位初出茅庐的小姑娘，将很多心得教授给她。对她而言，这犹如久旱逢甘霖，她对这位热情的学姐充满尊敬和感激，待她如师。平时工作忙没时间交流，她们时常下班或周末约出去交流心得，一来二去两人变得熟悉。

二人之间的默契和亲密无间，为这段时间铃兰工作成绩的飞升带来了极大的帮助。公司里的许多项目是她们合作完成的，对此，公司的高层曾考虑让她们二人成立一个新的部门，负责她们最熟悉的项目。

铃兰对于未来的工作走向以及由此而生的人生梦想也在这时形成，毫无悬念，铃兰希望自己成为这个行业里的佼佼者，并且拥有自己的公司。

然而，这个梦想在她与学姐合作的第五个年头，被残酷的现实生生砸碎了。一个对内投资的项目，学姐竟然背着她单独与客户约定提成，严重违反公司规定，在项目进行到三分之一时这件事败露了。

虽然铃兰毫不知情，但她脱不了干系。虽然不用负担公司的损失，但她被公司开除了。铃兰知道，干他们这一行的，一旦有了被开除的记录，日后要想混得风生水起，那可比登天还难。

此后，铃兰眼中燃烧的光消失了，她开始怀疑身边的每件事、每个人，对于未来，全然没了憧憬和动力。

直到后来遇到了铨哥，阳光重新照进她的生命里。

铨哥是一个爽朗热情的人，虽然工作了十来年，但身上没有老练世故的痕迹，反倒温文尔雅不失青春活力。铨哥曾是铃兰的客户，之前虽未有过直接接触，但对铃兰的能力有所耳闻。

铨哥几月前出来单干，业务开展急需人才，对于铃兰这样的精英，他颇为欣赏，有意招她加入自己的“战队”。但是他一上门，铃兰便送了客。

铨哥知道，铃兰对原来信心百倍的职场梦想灰了心、丧了气，他的不期而至让她多少有些抵触，对此，铨哥心中有些数，他时不时地出现在她面前，从生活的点滴聊起，慢慢地与她熟络起来。

渐渐地，他们变成了朋友，后来无话不说，铨哥慢慢知道了事件的经过，也知道了她如何从想不通变成厌烦职场。那天晚上，在海鲜市场的档口，铨哥又“开讲”了。

这次他讲完安慰的话语后，轻轻地说：“我有办法帮你走出来，只是不知道你愿不愿意配合。”

她有些愕然，毕竟她一直把铨哥当成一个倾诉对象，并未想从他那里获得些什么。此时的铃兰还没有准备好重新融入职场，于是对铨哥说：“这些蟹壳都被人啃过了，你想吃吗？你吃我就考虑考虑……”说着就把盘里的蟹壳一把一把抓着放到他的碗里。

按理说，她的任性过分了，常人估计骂上几句、拍拍屁股就走了，而这也是她希望看到的铨哥的反应，因为她不想再去沾染与职场有关的一切。

但是，铨哥没有恼怒，也没有冲她破口大骂，而是把老板叫来：“老板，再给我一份香辣蟹，顺便帮我们把骨碟换了吧。”

于是店小二照着吩咐，上了一份新的香辣蟹，还快手快脚地把骨碟换了，桌面变得干净，跟刚上菜那会儿似的。铨哥淡淡一笑，指着干净整洁的桌面说："那些蟹壳是过去，而我和你讨论的是现在甚至是未来……你把那些蟹壳一点不剩地全装进了心里，自然无法轻松地同我一道上路，其实我想让你做的，不过是像刚才那样把骨碟换掉而已，对你而言，其实很简单，其他一概不变。"

她一时答不上来了。但那一刻的感动印在了心里。后来他无微不至的关怀让她明白，自己的压力源于心态，想要重新追逐当年的梦想，想要再一次感受梦想的温暖和明媚，关键不在别人，而在自己。

铃兰更明白了一个道理，看似让自己痛苦不堪的那段过往，其实换个角度想，问题并没那么严重。学姐的背叛，并不代表铃兰可以在悲伤失落中放任自己背弃梦想；她可以因失去了一个多年的搭档而心痛，但她没有必要为此拒绝其他的合作伙伴。

想通了这一层，铃兰打心底里觉得自己同梦想作对的种种，简直幼稚可笑。

三日后，铨哥同往常一样上班，一进办公室，眼前就一亮，铃兰意气风发地穿着职业装前来报到，见到铨哥进来，她笑着起身对他说道："铨哥，你说的项目我很感兴趣，今天我就带着最初的梦想投奔你门下，可别嫌弃啊！”

铨哥欣喜地笑起来：“放心！你的梦想放我这儿，保证妥妥的！”

说完，二人愉快地握了握手，开怀笑了起来。

■ 只要你坚定，世界都会给你让路（作者：龙张张）

有人把梦想比作是花，觉得它总有一天会开放；有人说梦想是星星，总会有眨眼睛的那一晚。我想，梦想一定是山间的清泉，不是因为它有多甜，而是因为它为了汇入河流，要流过荆棘之地，躲过岩石，也许还未拍打出浪花，就不得已浸入了土壤中。

晚上我刚收拾好一切，就接到了表妹的电话，电话那头传来她哭哭啼啼的声音，原来快要毕业的她，希望自己开一家咖啡小店，而姑妈早已为她安排好了一份实习教师的工作。我知道开咖啡店是表妹很早就有的想法，所以刚上大学那会儿，她就在咖啡馆做兼职，那时候姑妈就很反对，说表妹浪费时间。安慰表妹的时候，我突然想到了初梦的话：“也许，你现在做的事，在别人眼里毫无意义，但终有一天它会帮到你，至少你要那么想。”

我十九岁那年认识了十七岁的初梦。

刚上大学的我，迎来的便是让人胆战心惊的军训。九月没有七八月炎热，不过在太阳下运动一天，还是疲惫难耐的。晚上月亮慢慢升起，微弱的月光加上昏黄的路灯，还是照不亮操场。教官干脆让我们坐下休息。看别人唱歌、跳舞。我是极其无聊的大多数观众之一。

我百无聊赖时，手机微微振动，看到 QQ 消息提示图标闪烁，心里难免高兴，孤单疲惫时还有好友记得问候我。我打开消息时，才发现原来是有人申请加好友，若在平时，我定会毫不犹豫地拒绝。可是那天，我顿了两秒，然后看对方的个人资料，原来是一位十六岁的女孩子，便通过了她的申请。就这样我们成为了“好友”。直到现在我还常常说，我们成为好友是因为天时地利。

原来初梦是在一个写手群里找到我的，没有别的原因，只是觉得我的 QQ 昵称很好听，虽然现在我早已忘记那好听的名字是什么。我们都是文字爱好者，但不同的是，认识她那会儿，她没有写过任何东西，准确地说是任何成功的东西。那时她已经升入高二，初梦说高一的时候她迷上了一本杂志，每个月都买。后来自己尝试着写东西，可是几篇稿子被退之后，她便只安心地看杂志了。

高中生活无疑是忙碌而又压抑的。每个学生都有自己的目标，初梦当然也一样，但是她没有丢弃看杂志的习惯。直到有一天，初梦妈妈直闯进她的房间，发现摆在初梦面前的不是高考教科书，而是一本乱七八糟的杂志，妈妈温柔的一面立马沉在了遥远的大海深处。

“初梦，你知道你现在处于什么时期吗？你的时间有多宝贵你知道吗？”

“知道。”

“那你还看这些没有用的书？”

“你怎么知道这些书没有用？”初梦小声地嘀咕着，还是被妈妈听见了。

“有用？高考考吗？你把宝贵的时间就这样白白浪费掉了。”妈妈扫视四周，顺手抓起杂志丢进了纸篓里。

从窗外飘进来的风，将垃圾桶里的书页吃力地翻动着，却始终未能翻过一页。初梦不怪妈妈，妈妈的文化水平并不高，在妈妈看来上大学才是正确的、唯一的方向与出路，而与这无关的，当然得全部消除掉。

后来初梦考上了大学，她在选择专业时，曾问过我的意见。我没有说太多，让她选择她自己喜欢的。

我在毕业那年的暑假去了初梦的城市，算是自己的毕业旅行，这一次我才真正地认识了她。初梦所在的城市异常热，像火炉一般。晚上她非要带我去吃热辣辣的食物。夜幕下，我们漫步在街边小道上，夜晚的风是凉的，吹在我们热辣辣的身体上、心坎上。

“多么宝贵的时间啊，就这样被我们一步一步地浪费掉了。”初梦大笑道。

晚上 11 点多，我们已经洗漱完毕，清清爽爽地躺在了凉席上。深夜的天空才是最安静的，密密麻麻的小星星挂在它的身上，有的眨巴着眼睛，有的慢慢地移动。很安静。

“初梦，你现在还看以前的那个杂志吗？”我打破了安静。

她很少看高中时代所迷恋的杂志了，她的专业是汉语言文学，不用问也知道，这是她喜欢的。由于所学的专业，一学期必读的文学书籍摞了一大堆。初梦说也许没有时间来看那些杂志了，也许自己已经过了迷恋杂志的年纪了。她开始写作，除了偶尔在校广播台听到自己的文章之外，也没有什么好的作品。初梦告诉我这些时，并没有觉得不好意思，反而很轻松。

初梦说刚上大学的时候，她将一篇自以为写得不错的文章，投给了一家正在发展的杂志社，后来虽然没有过稿，但是她无意间提到的一个点子让主编产生了兴趣，于是主编问她对杂志和销售有什么看法。

那一刻，初梦多么兴奋，一个普通的刚上大学的学生，被一家杂志社的主编询问意见，真是莫大的荣幸。于是她把自己的看法统统说了出来。一个十几岁的姑娘哪里知道什么该说什么不该说，初梦记得很清楚，当时她说有一篇文章写得很有朱自清散文的味道，太长了，虽然很励志但是有炫耀的嫌疑。

她只是把自己的真实感受说了出来，可这恰好违背了那位主编的意愿。或许这确实是不该有的错误感受，主编生气了，说初梦不懂得读文章，也不懂得写文章。他说他看过初梦的文章，题材新颖，却没能过稿，就是因为她的表达有问题。虽然严厉的批评并非是面对面的，但初梦面红耳赤。

她说，那时候心里特别难受，那感觉就像是对方硬塞一颗糖给你，当你准备吃下去时，对方却告诉你，你根本就不配吃那颗糖，你不知道该把那颗糖吃下还是丢掉。

“最后她送给我一句话：人有时候应该放弃不适合自己的东西，不然如此珍贵的时间，就被你狠狠地扔在纸篓里了。”在初梦说这话的时候，我听到了她的抽泣声。我想说些安慰的话，却半天想不出合适的话语；我也试图去找纸巾，可是抓了半天，什么也抓不着。也许，人生就是这样，有时候眼泪只能自己来擦。

我不记得那天晚上我们什么时候才睡去，只记得我们说了很多话，说到爱情，说到未来，说到生命，说到青春。

几天之后，我启程回家，初梦送我到火车站，那天的天气一改往日的火辣，变得阴沉压抑，有一点闷。

“看来这天气也知道我们要分别了。”初梦笑着说。

“是啊，初梦，坚持你喜欢的东西吧，别管别人怎么说。”我试着去安慰她、鼓励别，我想她需要安慰和鼓励。

“也许，我现在做的事，在别人眼里是毫无意义的，但终有一天它会帮到我。”她顿了一下补充道，“至少我得那么想。”

我坐在火车上，雨点狠狠地打在车窗上，风吹得窗外远处的大树吃力地摆动着笨拙的身体，仿佛想要努力挣脱什么，又好像想要努力追求什么。我的眼泪从眼角跳了出来。多好的青春啊，就这样被扔在了纸篓里，高中如此，大学亦如此。

一天，我收到一份快递，是初梦寄过来的，打开一看是一本并不出名的杂志。翻开第一页，初梦可爱的字眼映入眼帘：请翻书，第 13 页。那一刻，我知道初梦的妈妈错了，那位主编错了，而我，有那么一瞬间也错了。原来那些被初梦扔在纸篓里的时间，终究是有意义的、值得的。原来只要你够坚定，世界都会给你让路。

我们常常怀疑正在做的事是否有意义；我们也会怀疑，宝贵的时间是否在不知不觉中如涂满笔墨的草稿纸，被我们一次又一次地扔进了纸篓里。幸运的是，会有过来人善意地提醒你；不幸的是，你还是一如既往。无论如何，就像初梦说的，你要相信总有一天它会帮到你，至少要那么想。

你要相信，只要坚持，那些被扔在纸篓里的、被冲进咖啡机里的时光，都会为你打开一条路，也许路上布满荆棘，但终有一天会开出一朵让你幸福的花。

○ 第四章

● 梦想在远方，更在脚下

那些动人的描绘和令人血脉偾张的口号对于梦想而言都抵不过亲自动手的一笔一画，所谓“不积跬步，无以至千里”，在朝着梦想前行的道路上同样适用。

■ 随风奔跑，自由是方向（作者：相飞光）

每个人都有追逐自由、追逐梦想的权利。外面的世界很精彩，别被世俗禁锢了思想和行动以致沦为平庸的人。随风奔跑，追逐自由，找回深埋在心底的梦想。我们会在风里真正成长。

点进辰哥的朋友圈，我看到清一色的风景照，从江南水乡风景到大漠风光，从蓝天碧海到高原美景，大半个中国印有他的自行车的轨迹。辰哥热爱骑行，无拘无束，一辆山地自行车、一台单反和一些行李，随时启程。

辰哥比我大五岁，我们认识十几年了。当我还在为中考奋斗的时候，他已经沿着京杭大运河骑了个来回；当我还在适应高中生活的时候，他已经随队骑行G318川藏线，平安归来；当我还在大学里混日子时，他已经完成了环台湾岛、环青海湖，还独自一路向北到了漠河……他用单反和纸笔，记录下旅途中的美景和见闻。他还参加了大大小小的比赛，也算拿奖拿到手软，尝过登上高台万人瞩目的滋味。

很多像他一样热爱骑行的朋友问他，是否愿意签约他们的车队，成为职业自行车运动员，辰哥总是委婉地拒绝，理由皆是：他还要考研。作为职业自行车运动员，业余训练强度是不够的，他没有时间训练，他不想敷衍钟爱的自行车。朋友听了只好作罢，毕竟辰哥可是拥有医大本科学历的人，随时可以回医院上班。

事实上，自从他拿了学位证和医师资格证后，我就没看他碰过几次专业书。

我问过他原因，他专心致志地擦洗爱车，头也不抬，说：“我想骑自己喜欢的路线，看自己想看的风景。”

我顺势问下去：“辰哥，你喜欢做什么事情？”

辰哥怜爱地看着自己的爱车，脱口而出：“我喜欢骑车啊，喜欢踩着踏板的感觉。”他站直身体，眼里闪烁着光辉，“我还喜欢自由，在不违反规定的情况下随时加速、减速、停车，也可以随时下车拍点自然风景，记录不受污染的地方。”他把手里的清洁布丢到桌上，笑了，“我追求速度，追逐自由，追寻梦想，靠的就是我喜欢的自行车。”

我听罢，默默鼓掌，表示心中的钦佩。一生只有那么长，不做点自己喜欢的事，岂不是白活一生？

他不是一直这样肆意潇洒，他的家里人从来就没有赞同过他骑自行车。为了这个不务正业还烧钱的兴趣爱好，辰哥几乎与家里决裂，甚至想过骑自行车过一辈子得了。辰哥的心中总是有块疙瘩，那就是在家人和自行车之间难以抉择。

辰哥母亲在仅有的几次和我的对谈中，一直在抱怨：“阿辰总是背个包，骑着自行车就出去了，也不知道去哪里、什么时候回来。且不说他不补贴家用，至少养活自己是必须的，他竟然还说要搬出去住！”

我抬头望了望辰哥家直径两米的水晶吊灯，闪得我眼睛疼，无奈地叹了口气。辰哥的母亲是跨国公司二把手，谈不上需要辰哥来补贴家用，再说了，辰哥自从上了大学，就再也没有向家里要过钱，靠着比赛奖金和骑行摄影作品得来的稿费过得自由自在。

但是我只能附和：“阿姨您放心，我会帮您劝劝辰哥的。”

辰哥母亲略微放下心来，这才笑了笑：“不是阿姨反对阿辰的梦想，我就他一个儿子，还是待在我身边好一点。”辰哥的姐姐嫁人了，偌大的别墅里，若是辰哥不在，只剩下辰哥母亲一人。

辰哥没有出去的时候，大部分时间在他朋友的店里帮着修修车，或是准备下一次旅行的物品。

辰哥母亲会找到店里去，指着排得整整齐齐的山地自行车说："你是要车还是要我？"

辰哥拗不过自己的母亲，放下自行车，回了医院，按部就班地生活。

医院里形形色色的人，上演了不同故事，或传奇或平凡。辰哥想，自己的故事应该落幕了，该屈服于现实了，在这一方天地生根发芽。

在远方尝试实现梦想，是否应该回到禁锢自己的地方？

彼时，我和辰哥坐在大排档里，喝着啤酒、吃着烤串聊天。

"辰哥，骑自行车真的好玩吗？值得你用整个青春奉献？"

辰哥摇头，笑道："不止是整个青春，自行车贯穿了我全部的人生。"

辰哥只在医院干了两个月就辞职了，他遇上了一个人。这个小伙子让他下定决心主宰自己的人生，不把自己禁锢在小小的天地里。

小伙子本来是职业自行车运动员，却因为一场车祸，左腿截肢，从而结束了自己的职业生涯。辰哥和小伙子谈得来，空闲时间里两人聊了不少，小伙子对辰哥说："一条腿又如何？我仍然可以用这条腿丈量自己今后的人生，做我喜欢的事情，骑我最爱的自行车。"

小伙子装上了义肢，出院以后，调整好状态，重新开始他的骑行之路。他把以前国内骑过的路线又骑了一趟，照着之前合影留念的地点拍照片，以此证明他的一条腿和义肢也可以让他完成自己的梦想。每次小伙子拍完照片，都第一时间发给辰哥，激励辰哥重拾梦想。

如他所愿，辰哥在小伙子如今和以往的照片中对比着，如今的小伙子看似形单影只，实则快乐充实。辰哥在小伙子的身上看到了他的影子——为了梦想不顾一切，敢自由，敢放肆。

青春就那么几年，之后，你就不能为梦想活着了。

辰哥思考了良久，最终决定打破束缚，抛弃按部就班的安稳生活，狠下心来辞去医院的工作，他要做自己喜欢的事，他要成为职业自行车运动员。

辰哥母亲知道辰哥辞职后，对着辰哥怒发冲冠："好好的国企就这么辞了？五险一金怎么办？！退役怎么办？！"但是木已成舟，她只能随辰哥去。

小伙子邀请辰哥陪他一起骑一遍新藏线，辰哥爽快地答应了，并以这次骑行作为他真正活出自我的洗礼之旅。“行车新藏线，堪比蜀道难，库地达坂险，犹似鬼门关，麻扎达坂尖，陡升五千三，黑卡达坂旋，九十九道湾，界山达坂弯，伸手可摸天……”新藏线是最艰苦、最考验人的毅力、环境最恶劣、人烟最稀少的极限骑行路线，难度是川藏线的两倍。他们走别人走不到的路，看别人不曾看过的风景。

他回来后，黑了不少，也成熟了不少。

旅行路上故事多，他也喜欢和我絮叨这些事儿，激起了我对骑行的向往。

“那小伙子喜欢吃川菜，一路上能找到川菜馆就吃川菜。”辰哥喝了口啤酒，笑了，“不过有个川菜馆老板特别有意思。”

我连忙问：“怎么有意思？”

他笑着告诉我：“因为是同道中人。”

辰哥给我看了他和老板的合影，老板瘦瘦高高的，三十多岁的样子。辰哥说，老板一口流利的普通话，一听就不是那里的本地人，也不像是四川人。他看见辰哥和小伙子放在门外的车和一旁的装备，再看小伙子的腿，很惊讶，对小伙子说：“骑行新藏线已经让很多人打退堂鼓了，您这独腿，我只能表示钦佩了。”

小伙子谦虚道：“哪里哪里，过奖过奖，新藏线是我第二次骑了，之前骑的时候，那条腿还在，我也来过老板您家的店，话说，老板娘哪儿去了？”

老板面露苦色：“随队骑行车去珠峰大本营找人了，留我守店。”说着，他走进后厨，把菜端了上来，“下次就该我随队了，再去趟拉萨看看。”

老板比老板娘健谈，他说他和老板娘都是骑行爱好者，组队骑行新藏线认识的，相伴骑行过很多国内的路线，加上聊得来，一来二去，两人看对眼就结婚了。他们没有举行婚礼，就去了趟蜜月旅行，两辆车两个人把杭州逛了一圈。他们从钱塘江沿线到浙大之江校区，从白堤到苏堤，沿着九溪路享受清新的空气和绿意，沿着绿树成荫的虎跑路到西湖太子湾公园，沿着万松岭路直到馒头山社区感受人文之美……老板还向小伙子和辰哥说了些他们在杭州的趣事，听得辰哥止不住羡慕。

老板在老板娘的娘家——也就是这儿，开了这家川菜馆，不为赚钱只为了他们的爱好。他们轮流随队出去骑行，守店的那个人总是会格外关照骑行者，上次是老板娘守店，热情招呼了小伙子的车队。

骑行消耗的能量大，老板盛过来的米饭也格外多，饭后还赠送了他们半个西瓜。

老板在辰哥临走的时候，邀请道：“下次有机会，一起骑啊！”

辰哥答应了，笑道：“一定。”

人生的路一开始是不同的，但后来因为相同的志趣，人们相遇。辰哥、小伙子、老板和老板娘就是这样的人，他们敢为自己的梦想奋斗，敢于冲破世俗的洪流，随风骑行，追逐信仰。

说实在的，身边人中，我最佩服的就是辰哥，他不受世俗控制，能做自己喜欢的事情。

梦想，应该是自由的，随心而动。被我们奉为信仰的梦想，别让世俗污染它，别让它被一方天地禁锢。出去走走，我们可以做个远行客，抵达天地间的每一处角落，也可以坐在马路边上，看看人生百态。虽然旅途劳顿，感觉孤独，但我们会遇到的是各种有趣的人和事，还有比想象中更美的风景。

天地之间，我们从哪里来？到哪里去？别计较得失，朝着梦想，只有自由。

■ 自己的路，再泥泞也要走完（作者：龚春雪）

你要尽全力保护你的梦想，那些嘲笑你的梦想的人，想把你变成和他们一样，必定会失败。我坚信，只要我心中有梦想，我就会与众不同，你也是这样。

第一次看《当幸福来敲门》后，我失眠了，无数次想，如果自己处于电影中主人公的境遇会怎样。我会崩溃，会逃避，会在残忍的现实中堕落下去吗？

颓废总是很容易，而当生活给了你迎头痛击，你会如何选择？是接受还是还击？

我知道，只有选择站起来打败它，你才能成为强者。是的，在现实面前我们总是很弱小，可是励志的故事每天都在发生，那么多人选择了一条看似艰难、泥泞的路，但最终将现实打倒在地。

《当幸福来敲门》的主人公是一名依靠推销医疗设备维持生计的销售员，他很努力也很有激情，但是他的设备并没有几家医院愿意购买。他赌上了全部的身家，换来的是一堆滞销的废铁。在一堆设备面前，他贫困潦倒。房东总是在催债，妻子也不堪压力离开了他。如此重担之下，他选择带着自己 3 岁的儿子，继续艰难地推销与生活，同时找到了一份长达 6 个月没有工资的股票经纪人的工作。

生活似乎给了他一丝希望，可惜当一切有了好苗头的时候，总要遇见一个转折。他终于卖光了让他贫苦的医疗设备，并且获得一部分存款，但一纸账单，让他账户里所有的钱被扣交税。一夜之间，他又变成了穷光蛋，并且被房东赶出家门。影片中让人感觉最痛的地方是主人公作为一个父亲，在公共厕所看着自己的孩子熟睡。仿佛所有的厄运在那一刻降临，生活像一个巫婆，狞笑着将最后一丝希望击碎。

可是他不能害怕，他要拿出超凡的勇气与之对抗，在绝望面前唯有拼命，才会有曙光降临。我看到了主人公的心酸和无奈，也看到了他使出了全部力量和生活对抗，一次次的努力与拼搏之后，主人公熬过了长达 6 个月的培训期，并且从二十几个人中突围，成为了一名优秀的股票经纪人，最后成为了富翁。

生活的压力让我们疲于奔命，但是只要我们心怀感恩，永不言败，永不放弃，幸福终会到来。

命运无常，让人颠沛流离，历经沧桑，迷茫不前，但只要心中还有向往，渴望美好的心未被磨灭，反复无常的命运终究会向我们低头。

坚持不懈，奋勇直前。

没有哪条路没有尽头，尽管颠簸、泥泞，只要坚持走完它，我们就会在尽头看见不曾预期的美好。

不论做什么，我们都会无数次想要放弃，放弃很容易，而那些选择继续的人，才是真正的强者。选择放弃的人不会失败，因为他没有机会失败。生活艰难，并且一直都是如此，我们每一个人都在咬牙坚持，只不过有的人坚持碌碌无为，有的人坚持再来一次。

前几天我看到一个故事：一个来自落后地区的姑娘，在重男轻女思想严重的家庭，过着卑微、受尽委屈的生活，不是辱骂就是殴打。第一次去父母带着弟弟们常去吃饭的餐馆，也是因为父亲让她辍学打工，而工资则一分钱也不会到她手上。

命运如此不公，她的父亲居然还企图将她“卖”给餐馆老板那个痴傻的儿子做媳妇。她反抗，逃离了那个没有温暖与亲情的家，离开了噩梦般苦楚的伤心地。

生命的转折源于一次勇敢的选择，她迈上了人生的另一条路，从那一刻起，无论多么心酸，她都有勇气面对。果然，经过不懈的努力，她实现了自己的人生目标。

她从酒店服务员做起，因为聪明和勤奋，后来改行做按摩技师，再后来自己做项目，一步步过上了有车有房的生活，幸福无比。其中每一步她都走得都艰难而又坚定。她说每一次苦难都给了她更深的生命，每一次风雨过后都有阳光照耀。所有的奋斗都会面临无数坎坷，但是命运的改变悄然发生。

树叶洒下的泪滴，既然已经落下，何必再弯腰拾起？与其肩负苦涩的回忆，不如走向明天，淋浴春雨。其实我们看似每天都在接受命运的安排，殊不知我们也在安排着自己的命运。

说到这儿，我想起了自己的表姐。表姐是蒙古族姑娘，生得好看，初中毕业后被阿姨要求在家里种地。表姐自然是不愿意的，所以带上偷偷积攒的 30 元钱离开家，找到一家破旧的筷子生产厂打工，那时候每月的工资是 300 元。她曾和我说，刚开始出来打工的时候，她连普通话都不会说，受委屈受欺负，但她咬牙坚持着。

她当时说了一句非常经典又俗气的话："别人能做的事情我也能做！"

表姐二十岁的时候，一个人去了举目无亲的城市，依然做着不要求学历和能力的最简单的工作。因为语言障碍、性格单纯，被朋友骗了钱，还因为一次误会，被陌生人用酒瓶砸了头。

她说她当时什么也不知道，大脑一片空白，突然被砸了一下，只记得血糊住了眼睛。而她的同事报警之后，她才知道，对方只是认错了人。

那一刻她无助、委屈，我尽管心疼，也无法完全感同身受。她反而越发坚定，她要坚持下去在那个城市立足扎根，活出个样子来给自己一个交代。那时候她美不是因为年轻，而是因为努力。

于是她一个人在外漂泊了十几年，被欺负、被伤害、被欺骗……现如今有了爱她的姐夫和可爱的孩子，开了自己的公司，过着幸福生活。

并不是所有人都有高起点，我们都是芸芸众生中没有被特殊照顾的那一个，只有一次次地通过拼搏与努力，才能得到馈赠。

有些人生来就在罗马，我们却在赶往罗马的路上，狼狈地互相追赶。如此不对等的世界，我们依然爱它，就是为了让自己以后活得更好一些。

谁不曾经历过苦难呢？我的弟弟曾经睡过公园，我曾经因为交不上 60 块钱的房租，被房东扫地出门，他把我的东西丢在外边，丢了一地……

我们每个人都负重前行，每个人都在努力为自己争取，每个人都在风雨兼程。而大家的区别就在于是否拥有一颗坚定的心。我们大多数人之间的差距并没有大到不可逾越，但是有的人打烂了手里的好牌，有的人完成了人生的逆袭，这一切的发生都是偶然吗？其实区别在于你的精神是否有一座领航的灯塔。

梦想这个词虚无缥缈，它究竟是什么呢？是一个强烈的愿望、使命、执念还是白日梦？

一直以来，我都觉得一个有梦的人，眼睛里有万丈光芒。我喜欢身边的人谈梦想，梦想是一个人压抑在灵魂深处的，最想成就的另一个自己。一个有梦想的人，是具有鲜活生命力和优雅灵魂的人，梦想可以使枯萎的花朵重新绽放。

我们总是拿梦想下酒，一口饮下，别忘了回过头来，把自己说出的大话补上。有时候梦想真的简单到了就是你喝醉了吹出的牛！有梦可做的人是幸福的，而实现梦想的人是伟大的。

谁的青春没有做过梦呢？直到现在我依然一个梦接着一个梦地做下去。为了梦而努力的滋味痛苦又快乐。

要一直坚持，因为你不知道明天有多大的惊喜在等着你，当你熬不下去的时候，当你痛苦得濒临绝望的时候，转机有可能就在你身边蛰伏，所以坚持一下，再走一步。

朋友张辉在我眼里一直是个努力的人，他每天早上五点起床，在一个小镇上经营一家汽车美容店。每天迎来送往，为顾客洗车，夏天被蚊子咬得浑身疙瘩，冬天冻得手指裂开。我一直以为他会这样勤奋、努力地过一生，突然有一天，他转让了自己的店面，选择重新开始。

我不理解他的选择，他跟我说："如果我一辈子在这里经营这个店面，我这一生就定型了，但是我不甘心，我还可以再闯一闯。"

再闯一闯的代价很大，三十二岁，他开始创业。他说有一段时间，他骑着电动车，一次次经过十字路口，不知道方向在哪里。

他尝试着做了很多东西，有很多新鲜的点子，只是当时他的思想太过前卫，手里的资源又十分有限，以失败告终。今年再见他，提起那段过往，他直摇头：“简直是要饭的日子。”

他曾被家人瞧不起，家人说他不好好过日子，非要折腾；他曾没钱吃饭，每天只啃一个馒头；他曾找亲戚借钱而受尽白眼；他曾因为几十元钱跟人争得面红耳赤。他总能在路上碰见催债的人，他们拦着他不让他走。他艰难地挨家挨户上门推销以维持日常开销，继续他的创业梦想。受尽白眼，几经周折，数次失败，一切毫无起色，每天醒来面对的都是深渊，仿佛生活堵死了他的路。

但是这些折腾并没有白费，就好像人生没有白走的路，每一步都算数。他有他的创业梦，不愿一辈子窝在农村。于是他带着他的梦想和经验背井离乡，到广州追梦。他不曾放弃自己的追求，他渴望用自己的头脑去做一番自己的事业。谁能说他的选择不对呢？

如今我在朋友圈看见他的生活越来越充满希望，一切都在慢慢变好，仿佛从死水中开出花朵。我知道属于他的时代终究会到来。

去年见他，他脸上多了从容和笃定，也有底气说“一切杀不死你的，终究会让你强大”。

我相信未来的路上他会越来越好，因为他是一个坚定的人，也是一个有方向的人。他心中有自己的定位。面对不理解、不支持，面对嘲讽与奚落，他总算走了出来。

似乎所有的过往都可以云淡风轻，一路走来，我们会遇见无数的障碍，但是每一个障碍都有独特的含义，它们教你成长，让你坚强，终有一天你会穿着铠甲，再不惧怕风雨，这时候你会发现，天晴了。

■ 半途而废的不是梦想，而是你（作者：三耳姑娘）

梦想是什么？梦想是实现目标时的激动，是收获成果时的喜悦，亦是人生的风向标。梦想不是一块绊脚石，它是始终鞭策你努力的动力。

四年前，我认识了一位姐姐。见到她的第一面，我就觉得她很面善，并对她很有好感。熟络后，聊起这件事，姐姐说，大概是我们气场相投。

那年冬天，我与姐姐一起吃火锅，听到隔壁桌谈论现在的公司，干活多的人拿的工资少，干活少的人反而拿的工资多。

当时，我怀着好奇心回头一看，果然是两个很年轻的小姑娘，一脸愤恨地搅着火锅里的肉。

我叹了口气，姐姐立刻就了然。她给我夹了几个丸子，说道:“别听别人说点啥事，自己心里就不舒服。我像你这么大的时候，什么都不想，就拼命地工作。”

“可是，姐姐，这样工作起来没有动力啊！”我吃着丸子，但兴致已经没有了。

姐姐的思绪好似放空了，过了好一会儿，她才开口说道:“你看我平时高高兴兴的，没有任何烦恼，其实人都是要经历过一段路程，才能体会到各种滋味。每个人的一生或多或少都会有那么几个想要半途而废的瞬间，我也一样，只是我从来不说。”

本来很开心的火锅之约，因为这段小插曲，最后搞得我心情极差。

第二天，上班的路上，姐姐看我依然心情低落，就讲述了她的经历。

生命是一件很神奇的事情，姐姐大学毕业的时候，我还在上小学。我说，姐姐，你在我这个年纪的时候，工资一定比我高吧。

姐姐想了想说：是。

我的情绪一下低落了，觉得自己是真的不努力，没有那么高的能力。姐姐说不是这样的，我知道她是在安慰我。

其实姐姐之所以在我这个年纪时工资比我高，是因为她真的很努力。我无法得知她当时到底有多努力，但姐姐身上的一件事证明了，她必定付出了常人所不能付出的努力。

那年，刚大学毕业的姐姐参加了工作，怀抱着一腔热血，打算施展四年学习成果之际，家里传来噩耗。姐姐的父亲突染疾病，姐姐还没来得及回家见到父亲最后一面，父亲就去世了。

她没有多余的时间悲伤，就要扛起家庭的担子。还在读高中的妹妹正是需要用的时候，母亲年事已高，姐姐默默地承担了抚养妹妹的任务。

正是青春飞扬的年纪，姐姐没有时间，也没有多余的金钱打扮自己，每个月的工资要攒下来给妹妹支付学费、生活费，还要负担家庭的部分开销。

姐姐说，那时候根本没有意识到什么样的工资水平才能匹配自己，只知道有了这份工资，妹妹就可以读完高中、去读大学。

她没想过自己的生活怎么过得更好，用她的话说，最艰难的时候，每天啃馒头都不觉得辛苦，因为心中有信念：我要供养妹妹。

如今，姐姐回忆起来还说，那是她人生最困难的时期。很多个夜晚，她默默地流着泪，实在坚持不下去了，她问着自己能不能放弃。

姐姐平淡的语气，让人格外心疼。那一刻，我很想抱抱姐姐，告诉她：你一定有一双隐形的翅膀，梦想带你飞翔。事实上，她真的做到了，这双翅膀，带着她撑起了她的梦想。

她说：人要在一定的境界，承受着内外的双重煎熬，没有时间给你抚平伤口，也没有机会让你停下来喘口气，你必须时刻提醒自己，活下去、活下去、活下去，只有这样，你才没有放弃你自己。

在工作领域内，姐姐的专业能力是毋庸置疑的。她总是说，因为她学习的就是这个专业，所以才会如此优秀。

她很谦虚。我见过太多糊弄到毕业的人，但姐姐绝对不是这样的。

或许她自己并未意识到，经过这些年的奋斗，她早已低调地完成了成长。从前那个读书的姑娘，如今已经成为了可以独当一面的女领袖。即便如此，她依然低调，低调地推辞了这个机会，她知道自己优秀，也知道自己的追求，这就够了。

都说北京的房价高，一般人买不起房，除非有家底才敢想一想。但姐姐买了房，还是复式的，虽然房子小，但姐姐没有家底，姐夫也没有家底。

两个都是来自农村家庭的孩子，他们没有父母可以依靠，也没有其他亲朋好友，他们可以依靠的只有自己。

姐姐与姐夫的故事，正如姐姐对待人生的态度一样，不半途而废。你不知道，在你放弃的那一刻，你失去了多少。

他们在彼此最合适的时间，遇见了彼此。

我八卦地问姐姐，他们有没有浪漫的开始。姐姐说，姐夫第一次约她去看电影时，准备了一束玫瑰花在电影院门口等她。

我想那一定是浪漫的开端。时光不曾亏待任何一个人。知书达礼的姐姐懂得姐姐夫的好，姐夫慧眼识珠，看中了姐姐的真。

他们从未感叹时光流逝太快，相遇得太晚。他们只知道，在未遇上彼此时积极生活，努力改变人生，从不把自己埋在阴霾的乌云下，而是走进大自然，接受阳光、雨露、晨曦、暮色的洗礼。

在优秀这条路上，他们是两条平行线，努力地延伸着自己，加大长度和宽度，终于在拐角的地方，优秀的他们在生命中有了交集。

姐姐曾经以为，之前那场校园恋爱就是她爱情的终结。然而，遇上姐夫，她才顿悟，感情、生命、人生、世界，都是不容放弃的。幸好，对于爱情，她没有半途而废。

我感叹:“姐姐，是不是我再坚持一下，就能遇上我的 Mr Right（意中人）呢？”

姐姐笑了一下，说道:“笨呀，我的意思是你别宅在家里了。任何一条路都要坚持走下去，半途而废是等不到爱你的人的。”

我相信很多人默默地等待自己的缘分，也相信很多人宁愿单身也不愿意随便找个人凑合，因为他们懂得，如此优秀的自己，必定要等到那个优秀的人来匹配。如果他们不够优秀，他们怎么有能力在北京买房？如果他们中途放弃过，他们又怎么可以把生活过得浪漫如花？

世界是公平的，他们努力，他们优秀，他们坚持着自己的坚持，他们依靠自己的双手，为自己置办了温馨的家。那些嚷嚷着买不起房的人，可能自始至终都只是羡慕着别人，放纵着自己吧。

有人说付出不一定有收获，那一定是因为付出得不够；也有人说努力了也不一定有机会，那一定是因为努力的方向不对；还有人说世界原本就是不公平的，那一定是因为半途而废。

人生总是有边界的，但每个人都希望通过努力突破有限的人生。世界的规则一直摆在那里，谁都可以去改变，真正做到改变的只是少数人。

当我们无法实现自己的目标时，不要把责任怪罪在其他事物上，静下心来想一想，是不是自己不够努力，是不是自己的努力方向不对，是不是接近成功的时候放弃了。当你熬夜写了一篇文章，发现根本没有人点击时，不是世界不公平，是你的文章内容不够吸引人。当你熬夜看完一篇文章，却没有记住任何一处有用的细节时，是你的思维不够开阔。

优秀的人，一直在埋头苦干；抱怨的人，始终在找借口。不要站在机会面前，看着它溜走。不把轻易地放弃自己，更不要轻易地半途而废，时光终不会亏待每一个认真坚持的人！

■ 做一个说到做到的“行动派”（作者：温小舟）

想要披上万丈光辉，就要经过漫长的黑暗；想要看山顶的苍穹，就要爬过座座山头；想要到达彼岸，就要与百舸共争流。这世上没有不劳而获的事，要获得先行动，要成功先付出。只会“喊口号”的人，永远办不成想办的事情。

小惠和很多人一样，每年年初总是会给自己制订很多计划：学书法、学瑜伽、减肥、学跆拳道、看至少十本书。但和很多人一样，每到年终盘点的时候，她会发现自己一样都没完成，然而她总会安慰自己：明年再来过吧。

诸如此番重复，恶性循环，许多年过去，她还是那个她，没有进步，没有获得，体重依旧在 110 斤以上，书架上许多没拆封的书只能放“闲鱼”上卖。她颓废，做什么事都只有三分钟热度，不愿坚持，没有信心。

她真正意识到要改变自己的状态，是在见到身边的朋友小兰，从和她一样体重的小胖妞瘦成“女神”，最终如愿获得“男神”的心这件事后。这件事对她的心灵震撼是极大的。她寻思“为什么别人做得到，而自己永远在失败”。

小惠回想起来，小兰告诉她下决心减肥，也不过是半年前的事。小惠当时心想：减肥哪有这么容易？

是的，她显然不看好小兰，因为她自己做不到。

后来一段时间，小兰跟消失了一样，每每约小兰一起逛街吃东西，小兰的电话都是打不通的，小惠常常在一两个小时后才收到小兰的回复：“我刚才在健身房，没能及时回复，不好意思。”

小惠也有一时兴起的时候，和小兰一起去健身房，每每在跑步机上跑个十来分钟，她就坚持不住了。久而久之，小兰也就不带她了。

后来小兰过了减肥瓶颈期，瘦得很快，每次出现在她面前，都是甩掉了好几层肉的状态。小惠也不是不羡慕，但就是无法下定决心行动。

失败的记忆太深刻，让小惠丧失信心。直到小兰对她说："我可以，你为什么不可以？"

是啊，为什么这些年小惠从来没有真正做成功过一件事？以至于要去做一件事前，总是先暗示自己办不成。

后来小惠才想明白，自己会有这种习惯性的挫折感，是因为行动力太差，以至于什么计划都会落空，因此做事情前会产生惯性思维：我一定办不成。

对此，小兰恨铁不成钢："很多事，你不去做，永远做不成；你没有开始过，就没有资格告诉自己办不成。"

小兰把自己的减肥心得分享给小惠，小惠终于鼓起信心去行动。每天四十分钟慢跑，五十下仰卧起坐，三十分钟跳绳。

小惠并不是个有恒心的人，没过几天，惰性就抬头，小兰知道后说：“那你就永远这样吧，不必羡慕别人，也不必埋怨。你付出一分力，却妄想收获十分幸福，这怎么可能？”

小兰的话敲醒她，她反省自己，不努力，凭什么指望成功垂青自己呢？为了瘦下来，小惠咬牙坚持。一段时间下来，她确实有了一些收获，体重降了五斤，脸上双下巴变得小了很多，拍照上镜头也比之前好看许多。

有了初步的成果后，小惠有了一些信心，也变得更有动力。

她除了加大运动量，还在网上搜寻瘦身饮食方法，真正做到迈开腿管住嘴，这样自律，她顺利瘦到 100 斤以下。

她瘦下来后，再和朋友们聚会，朋友们都很惊讶：小惠，你做到了！

朋友的惊叹让她很高兴。是的，她终于做成了一件计划中的事情了。

那种通过自己努力完成了计划的成就感，比瘦了这件事本身更让她开心。

有了一次成功的体验之后，小惠做起事情来，态度也变得积极了很多。基本在定下目标之后，她就能立刻行动起来。

而她对于计划的完成度也明显提升，从当初的零分到后来的八九十分，有时甚至能超额完成计划。

说好每个月看一本书，她能做到，她的书再也没在“闲鱼”上登记过；说好要去学瑜伽，她也能每周准时上课，她的体态也因为练习瑜伽变了许多；说好学书法，她也能做到每周练习一小时，她的心态也因此沉稳了许多。

她沉迷于泡沫偶像剧的时间越来越少，花了更多时间在提高自己上。她与朋友们的话题，不再局限于娱乐圈的那些八卦话题，她们聊新出的书，聊新来的瑜伽老师，从《红楼梦》聊到《三国演义》，从旅游聊到公益，她的世界和眼界变得和以前完全不一样。

久而久之，她整个人的改变显而易见，不仅仅是外形变好看了，更重要的是内在越来越有质感。而她也从自律中，获得无上的快乐。

这些改变给小惠的生活带来了不少改变，一次聚会，她认识了广州男孩小浩。小浩喜欢小惠积极的人生态度，而小惠也被他打动，两人的恋情得到双方父母的支持。

广州人爱煲汤喝汤，小浩也一样。小浩几乎每天都要去寻找广州菜馆，只为了喝一盅好汤。在小浩的影响下，小惠对煲汤产生了浓厚的兴趣。小惠心想，不如自己就为他学习煲汤吧。

从前，她是一个十指不沾阳春水的女生，食材她都认不全，忽然要学下厨，是要克服一些心理障碍的。

好在小惠从减肥的过程中，积累了许多能量，不再惧怕，而是选择更深地拥抱生活。

她买了食谱，研究食材配比，并每周出入厨房，为家人和小浩洗手作羹汤。

初时，她的汤煲得不好，但时间久了，她获得一致好评。

她的白芷老鸭汤是一绝，有一次小浩回老家，还发短信给她："想念你的白芷老鸭汤了。"

小惠感到幸福，是那种被认可和需要的幸福。而她明白，如果她还是从前那个她，是收获不到这种幸福感的。

其实最最关键的是，在经过这些后，小惠的行动力到达了新的层次，她做事不再像从前那般拖延，而是养成说到做到的习惯。正是这种习惯，成为她的宝藏，帮助她在人生路上走得更远。

后来小惠面临职业上的困惑，她是学会计的，在一家小企业做出纳，每天只和简单的业务打交道。也许有人觉得女孩子平平稳稳就可以了，不必追求太多。但小惠觉得每天混日子拿一丁点工资并不是她想要的，她想要学习更多，接触更多，于是她决定考初级会计职称，给自己更多机会。

毕业有些年月了，许久都没有静下心去看教科书的状态，要完成这个任务，对于她来说，确实是有难度的。

但是小惠没有轻易放弃，她列了一份详尽的复习清单，先复习经济法，然后复习初级会计实务，并且详细安排各章节的复习时间。

小惠知道，有了计划还不够，还需要自律和强大的行动力，这样才能达到目标。

小惠在那段时间里强迫自己静下心，每天泡在图书馆里，温书做题，坚持不拖沓。小浩见她辛苦，让她休息几日再复习，她说：“一休息，绷紧的弦就断了。”

最终她提前完成复习计划，并预留了充分的时间多做了五份模拟卷子。

在充足的准备下，小惠信心满满去参加考试。考场上她奋笔疾书，几乎所有题目她都答完了，她信心满满。

成绩出来那天，她如愿以高分通过两门考试，她开心地把消息告诉小兰。

小兰得知后说：“小惠，我以前总担心你做不到自己想做的事，现在却无比信任你，这些日子以来，你真的改变了许多。看到这样的你，我真心开心！”

那一刻，小惠真的感慨于自己的变化。她从一个没有行动力的“拖延症患者”，变成行动力“爆棚”的人，她觉得欣慰。

当然，有行动力不代表做什么都会成功，还是要讲究具体行动方法的。

小惠并不是那种一决定做什么事，就空有一腔热血的人，她总会先把要完成的事情了解清楚，然后形成一套详细方案，严格按方案执行，如果行动过程中发现方案有不合适之处，再根据实际情况加以修改，这会使她在行动过程中少走许多弯路。

通过初级会计考试以后，公司领导把她升为会计助理，她跟着单位老会计学习。老会计是个严肃的老头，不苟言笑，交代下去的事允许她问，但不允许她出错。

更何况会计这项工作，本身就是很严谨的，容不得一丝差错。

在这种高压工作氛围下，小惠觉得自己必须时刻调动行动力，才能够应付自如。

在刚接手会计助理工作时，小惠感到茫然。她做事没有章法，总是手忙脚乱。后来，她觉得这样下去不是办法，就向老会计请教，认真做了一本工作月历，她把重要的工作进行总结，并登记这些工作需要完成的时间节点，比如什么时候核账，什么时候盘点存货，什么时候报税等。

每天上班她都会把一天需要完成的任务在本子上列出来。她的工作方法赢得老会计的首肯，老会计见她踏实有章法，十分信赖和重用她，也愿意教授她。

小惠在业务上的进步，得到了公司领导的一致认可。她也被老会计当作疼爱的徒弟来带，大家都说将来她要接老会计的班。

这些成绩都是小惠用行动换来的。小惠开始相信越努力越幸运这句话。

其实生活中，不少人懒惯了，会惧怕行动，于是渐渐地对成功的体验少了，也对成功失去信心。这是很可怕的一种生命状态。

这些人一边把时间耗在煲剧里，一边哭着喊着为什么我的命运没有女主那么幸运；一边喊着“不想做咸鱼”的口号，一边任由惰性在体内发酵直至根深蒂固。

生命的荣光，哪那么轻松就投射到你身上？你不努力、不准备、不行动，如何获得幸运女神的青睐呢？

所以，关掉那些浪费时间的泡沫剧吧，站起来哪怕跳个十分钟的绳也是好的；停止那些无谓、伤神的埋怨吧，去行动、去务实吧。当你开始改变，做一个说到做到的“行动派”时，你会获得内心的丰盈感，而这样的你又怎会惧怕命运变得苍凉呢？

■ 梦既然醒了，又何必犹豫（作者：心有林夕）

随着成长，我们会慢慢意识到生活的平凡之处，留给我们实现梦想的时间也越来越少。梦想不如年少时鲜活，我们也不如年少时冲动。愿我们在还有力气奔跑的时候，能够聆听每一次梦醒的声音，勇敢地去正视它、追寻它。

帆姐第三次请假的时候，领导终于发火了。

“石帆啊，你好好的专业知识不去学，学什么汉语言文学？”在一边敲键盘的我，意识到吴经理接下来又该数落帆姐一番了。

帆姐还是笑嘻嘻地拿着请假条，站在吴经理的办公桌边，等着吴经理在领导批准一栏里签字。然而，噼里啪啦三分钟后，帆姐的假条是被搁置在一堆单子里了。

果然，梦想这东西真不是谁都会有的，情怀也不是什么人都会懂的。“汉语言文学”是帆姐的情怀，关于这个，吴经理所能理解的只有：情怀算个啥，又不能当饭吃。

石帆是办公室的税务会计，也是公司为数不多的本科毕业生，目前正自考某 211 大学汉语言文学专业。

有时候，我挺羡慕也挺佩服帆姐，在平凡的生活里，敢于正视梦想，追寻梦想，已经够难得的了，何况，帆姐今年 36 岁了，家里还有个读小学三年级的孩子，丈夫又远在上海打工，她一边工作一边照顾孩子，实在不容易。

很多次，我想，十年后的自己，倘若没有实现梦想，恐怕梦想早已夭折在日复一日的平凡日子里了。哪怕梦想没有完全破碎，在锅碗瓢盆、键盘电脑、家庭孩子等各种琐碎的事物里，我也只有一声叹息了。而帆姐不同，她从来没有被生活改变，哪怕正被生活侵蚀着，她也在疲惫的生活里有着大大的“英雄梦”。

家中男人远在外地，家里大大小小的事情都得帆姐一人操心，因此，帆姐是办公室里请假次数最多的人。孩子开家长会要请假；婆婆生病了要请假；就连拆迁搬家这样的大事，也落在了帆姐一人的肩头上。

在办公室里其他人讨论换季该换新衣服，香奈儿又出了新色号口红的时候，帆姐对着镜子用平时我们剪凭证的剪刀，剪着齐刘海儿，并自豪地说：“我这件灰色羽绒服都穿五年了，衣服穿久了就有感情了，舍不得扔。”

帆姐的确是个很恋旧的人，也只有恋旧的人，才舍不得丢弃曾经热爱的东西，当然，也决不会放弃曾经炽热的梦想。

有段日子，一向乐观热情的帆姐有些憔悴。从她和老公激烈的通话中，我得知他们住了十几年的房子要拆迁，政府要求一个月内所有拆迁户全部搬离，这意味着帆姐一家必须在一个月内找到新的住所，新的住所得方便小孩上学，得适合老人家居住，离帆姐上班的地方也不能太远。帆姐想让老公回来处理这件大事。而从两人激烈的电话争吵中，我了解到远方的老公显然觉得这不是个值得回来的理由。帆姐骂道：“有种一辈子别回来了！”说完她便生气地挂了电话，然后赶紧拿起镜子，端详自己还算精致但散布细纹的脸。

帆姐心情不好时最爱照镜子。她打趣说，看见美好的事物，心情就会好了。

那个时候，一向不爱发朋友圈的帆姐，发了出自奥黛丽·赫本一段话。

“人是从挫折当中去奋进，从怀念中向往未来，从疾病当中恢复健康，从无知当中变得文明，从极度苦恼当中勇敢救赎，不停地自我救赎，并尽可能帮助他人的。人之优势，是必须充满精力、自我悔改、自我反省、自我成长，并非一味地向人抱怨。”

就像赫本说的那样，人必须充满精力，自我成长。特别是在觉得心力交瘁的时候，看到希望，就会朝着光明，跨越黑暗。

对于帆姐，这个希望正是年少时的梦想。那个被尘封过、被掩埋过，也挣扎过、跳动过的“英雄梦”。

就这样，梦醒了。帆姐也挺过来了。

妥善安顿好一家老小后，帆姐变成精力充沛的超人，一边工作，一边准备着汉语言文学的自考。

有时候，我会觉得自己对梦想算是执着的了，从高中开始坚持写空间日志，到毕业三年仍坚持投稿写稿。看到帆姐，我却不免唏嘘。我能像帆姐一样，十年后还坚持吗？我能保证不让自己沦为一个被家庭琐事牵绊、放弃梦想的主妇吗？可能我是做不到这些的。

人越长大，梦想就越稀有，也越遥远。就像人活在这世上，小的时候有大把大把时间去做梦，去畅想未来，渐渐地，被学业重重包围，再到后来，被枯燥又不得不坚持的工作压得喘不过气，每天至少有八个小时处于工作状态，除去为了健康要保证的充足睡眠时间，最后留给自己的自由时间所剩无几。

但是，成就一个人的，永远是他的业余时间。你的业余时间是用来呼呼大睡，还是像帆姐一样在为梦想充电？

二十年前，帆姐十六岁。为了不像其他农村孩子那样早早辍学，回家务农，帆姐拼命学习，一心想走出一望无际的平原，闯进梦想里的城市。

那时候，帆姐还没有走出过北部平原的小村庄，所见的闹市也不过是镇上的集市。但是帆姐知道，在平原的那头有大山，山的那头有城市，城市里的热闹程度是一百个集市也比不上的。那里有书店，有公共汽车，有什么都能买到的大商场。

这一切，都来自书籍，来自文字。文字所传达的画面和气息，像有魔力，吸引着年轻的帆姐。那个时候，“文学梦”便在帆姐的心中生根、发芽。

人啊，一旦心生希望，就会充满力量。

帆姐想亲眼见识书里的大世界，更想有一天，能成为一名作家或者编辑，看动人心弦的故事，体会五彩斑斓的人生。

对于那时候的农村孩子来说，有千万种让自己激动不已的梦想，而将梦想付诸实践的唯一途径，便是努力学习。掌握更多的知识，如此才能拥有更多改变生活的机会，飞得更高，看得更远。

上天永远眷顾努力的孩子，第一年高考，帆姐便如愿以偿走出了大山。

帆姐以镇上第一名的成绩，考入某财经学院。

是从那一刻起，帆姐以为可以实现的“文学梦”变得遥远。

在家人的建议和社会大潮流的推进下，帆姐选择了当时意味“超高就业率”的经济学。

尽管形同枯槁的文字里蕴藏着大大的经济学奥秘，尽管每一个数学模型都是科学家头脑风暴后的智慧结晶，但这一切，帆姐并不热爱。

她热爱的是宿舍熄灯后，开着小台灯看《呼啸山庄》的满足感；是没课的时候，泡在图书馆的自由感；是文章被校刊录用时的欣喜。这时候，帆姐感觉梦想很近，抬头便是星光，侧耳便是花开的声音。因为年轻，无限的可能性让梦想栩栩如生。

身边的同学、老师都认为帆姐在文学上会有一番造诣，连帆姐自己都以为会有不一样的人生，她看到了文学耀眼的光芒。

光芒给人希望，现实却让人理智地放弃希望。又一次理想与现实的碰撞，发生了。

帆姐毕业后有两个工作机会，一是在当地晚报社做个实习编辑，二是回老家的工厂里当个会计。

当时的纸媒发展鼎盛，行业门槛也非常高，若不是帆姐在校期间多次获得文学大赛金奖，在省级报刊上多次刊登文章，加上学校领导的推荐，这家报社的橄榄枝也不会伸向帆姐。

一年的实习期，一年仅生活补贴的工作报酬是对帆姐的考验。

在梦想面前，这算什么呢？帆姐已经做好了奋勇向前的准备。

满腔热血的帆姐在报社附近租了个 10 平米的老房子，留在了西安。这里，有一张床、一张书桌、满满的书籍以及帆姐大大的梦想。

然而，孤注一掷的勇气，最终抵不过来自家庭的压力。

家里的电话一个接着一个，催帆姐回去相亲，找个稳定的工作。没有一个人理解帆姐留在这座城市的意义，没有一个人懂得帆姐坚持梦想的不易与艰辛。

孤独的异乡，渐渐冷却了理想。

半年后，帆姐还是回老家了。

帆姐说，女人的悲哀在于不论你怎么努力地去改变、去逃离、去实现，关键时刻，只要你不够狠心，不够坚决，等待你的还会是当初那些你想逃离的东西。

帆姐自懂事起就想逃离那一望无际的平原，逃离一眼就能看到头的人生，哪怕已经走进了城市，触碰到了梦想伸出的橄榄枝，最终呢，一切都化成了泡影。

回到老家的帆姐，在镇上的工厂干会计，一干就是十年。十年，日复一日的平凡日子，没了当初为梦想而生的无限激情，也没了对未来的无限向往。

只是在夜深人静的时候，青春过往历历在目。从帆姐心底传出曾经最熟悉，被丢弃、被遗忘，又被牵挂着的声音。没有实现的梦变成心底的遗憾，遗憾里又夹杂着不甘心，无时无刻不敲打着她那颗因生活变得僵硬的心。

帆姐说，她最遗憾的，并不是没有成为一个作家或者编辑，而是在每次面临选择的时候，没有坚定地跟随内心的声音。她热爱文学，却没有真正为之努力，没有以失去更好的机会为代价去追求文学之梦。

所以这一次，帆姐没有犹豫了。哪怕过了大家眼里追梦的年纪，她还是要弥补心里的遗憾，满足年少的情怀，以遭遇不理解为代价，去追寻未完成的梦想。

我们很多人和帆姐一样，放弃过心底最热爱的那个梦，却又无时无刻不牵挂着那个梦。

在对现有生活失望的时候，我们常幻想自己可能会经历的另一种人生，幻想实现梦想时生活该有的耀眼光芒。

可是，没有哪一种期待的人生可以在幻想中实现。

在我们还没老去的时候，趁我们还有时间去做梦，还有力气去奔跑，大胆出发吧。哪怕从头再来，我们也要抓住越来越少的时光，在时光走到尽头之前看一看梦想的模样，让生活在梦想里镀满光芒。

■ 因为坚守，所以梦得以延续（作者：LUCKY 珊瑚）

梦想，可以是一个人的，也可以是两个人的。当人们因梦想不谋而合走到一起，就注定了无论谁先告别梦想前往天堂，另一人终将完成他们共同的梦想。

年轻的时候，石头是个酷爱旅行的人，每年都会抽出两到三个月去世界各地走走看看，因为他觉得，人生在世，钱、房子、车子这些身外之物都可以通过争取去拥有，但不是所有人都有恒心和毅力去走遍世界，而这些珍贵的经历才是人生真正的财富。

当时娟子也热衷于四处游历，因为在她看来，生命短暂转瞬即逝，唯一能让生命与众不同的，就是在有限的时间里感受无限的世界，无论是自然还是人文，只要能洗涤心灵、陶冶情操，就没有白跑一趟。

两个人生观如此相近的人，在驴友们自发组队前往玉龙雪山的队伍里成了好友。他们在那里度过了七天七夜，经历了残酷暴敛的风霜雨雪、美轮美奂的日出日落，以及千辛万苦的攀爬旅程之后，走到了一起。

石头满足，甚至觉得老天对他太溺爱了，让娟子这样一位与自己梦想无限接近的人走进了他的生活，两人有道不尽的默契和说不完的心里话。娟子也怀着感恩的心情，珍惜与石头度过的每分每秒，所以她总是无奈地抱怨天亮得太快，因为她还没在他的怀里睡足。

娟子指着石头左手臂上的那颗朱砂痣告诉他："听老人们说，手臂上的朱砂痣是用来与前世情人相认的。这颗痣是我上辈子滴在你手上的那滴眼泪化成的，为的就是这辈子能找到你！"

石头知道这是个浪漫的传说，但愿意相信，因为他们真的像是已经认识了三生三世，那样了解对方、熟知彼此。

他们常常在一起做着同样的梦。娟子对世界上任何美好的东西都很向往，并且为他们未来的旅途制订了详尽的计划：去热带雨林感受一场大雨，在雨水冲刷过后，把留在叶子上最后一颗没被蒸发的雨滴记录下来；在小鸟孵化破壳之后，把最后脱下的那片壳衣收藏起来，以纪念生命的旅途正式开始；等月亮圆了，找一个干净而且安静的海滩许愿，然后把一泻千里的月光拍摄下来……

她为石头描绘了美好的明天，石头被深深吸引，为之着迷，不顾一切想要完成计划。娟子充满热情地把他安排进了两人共同的梦想里，对此他很感动。

可是，上天任性地捉弄了他们，给了他们无尽的甜蜜和憧憬后，突然脸色一变，无情地收回，不管当初他们多么小心谨慎地珍藏，多么虔诚地感谢，还是不得不接受上天霸道的安排。

娟子被查出患了胃癌，石头拿着检查结果大哭了一天一夜，然后坐在病床上，望着昏睡的她，握着她冰凉的手，呆呆地坐了三天。

她临终前用尽最后一点力气，用手指把眼泪划在他的手臂上，说:“我们的梦还没做完……”

石头哭到失声，不管他在命运里如何挣扎、对过往如何不舍，娟子还是离开了。

石头没有办法接受这个事实，他辞去了工作，决定带上她走完那些没有走完的路。

他按照娟子此前计划的旅程走了一遍，每到一处他都会记录下来，他在那块娟子送给他的怀表里装上了她的照片，晚上对着怀表向她讲述当天的所见所闻。

不知道的人都以为他疯了，但他其实很清醒，娟子只是永久住在了他的心里，换了一种方式陪伴他而已。旅途中他会遇到妙龄女郎，她们刻意设下的温柔之乡没有捆住他继续前进的步伐。

很多人说，石头用生命守护着他和娟子爱的理想，坚守着他们曾经一道许下的美好愿望。石头知道娟子永远也实现不了梦想，但他可以用自己的方式帮她实现。也正是因为石头的坚守，他和娟子的梦想不至于中断，延续到了今天。

渐渐地，知道他们故事的人越来越多，不少人汗颜，一个活着的人对于逝者的梦想尚且如此执着、坚守，活在当下的人，对于鲜活的梦想又有什么理由不去坚守不执着呢？

■ 你终将成功，因为你志在成功（作者：沈薏淅）

世界上没有所谓的贵人，你只会在坚持不懈的时候遇见伯乐，这个伯乐给你创造了天和地，让你自由翱翔。

距离阿瑾上一次见他大约有十年了。

阿瑾拎着包，走进咖啡厅，看着他好久都不敢认，反倒是他先开口说:“阿瑾，好久不见。”

这声“阿瑾”让她确定了他的身份。阿瑾笑着坐下。他熟练地帮阿瑾点了杯咖啡，将材料递给她。

材料整理得简洁有序，谁能想到，她眼前坐着的这位西装革履的男子，以前十足腼腆，在街角卖菜呢?

他叫阿轩，是阿瑾的初中同学。

他们都是普通人，出生在被城市遗忘的小巷子里。那条巷子里，住的都是贫苦人家，若是能够吃上一顿肉，便欢喜得如同过年了。

阿轩住在巷子的角落里，因为营养不良，显得比平常人更弱小。他除了上学，就是跟他妈妈在巷子里拖板车，走街串巷地卖菜。

阿轩长年穿着一身黑漆漆、破旧的校服。

阿瑾和阿轩虽然是同班同学，但很少交流，因为谁都想要脱掉“贫穷”这件外衣，可重点中学的名额只有那么几个。

阿瑾他们总是以为，只要好好学习，一切就可以如愿了，可他们忽略了生活中的其他因素。

一向学习很好的阿轩，却在临近中考的模考中失利。总分七百五十分，阿轩只考了五百分出头。

他拿到卷子的一瞬间，眼泪就忍不住掉下来了。

阿轩的性格执拗，遇到了困难，一定要战胜困难，遇到了问题，一定要解决问题。

拿着卷子，阿轩分析了失分的原因，写在笔记本上，一道题一道题改，不会的立刻去办公室问老师。

做好了总结，阿轩的心里才舒服了一些。他拿着卷子回到家里，主动跟母亲认了错。

阿轩的父亲在阿轩很小的时候就离开巷子去打工，以前还每年回来一次，在阿轩刚上初中那一年，父亲就失去了联系。阿轩的母亲等了一年又一年，只等回来三万块钱的抚恤金。她在阴暗狭小的房子里，摆了个灵位。

阿轩跪在父亲面前，默默地许下心愿。他又在废纸上拿彩笔写出心仪高中的校名，贴在家里的墙上。

眼看着过了四月，过了五月，走到五月的尾巴上，有些同学看着成绩已经稳定，便开始做考前的放松工作。觉得自己成绩不理想的同学，也早早就选择了技校这条出路。每天按时到校，夜晚才离开学校的只剩下阿轩和阿瑾。

眼瞅着快要毕业了，三年没有说过话的两人此时成了刷题挚友。他们把经典题背了一遍又一遍，将三次模拟考试的卷子做了一遍又一遍。

中考的那天早晨，阳光异常明媚。

阿瑾考试十分顺利，回学校估了分数，报了市里的一所重点高中。

回学校拿录取通知书那天，阿瑾特地回学校看了光荣榜，却没有在上面找到阿轩的名字。她又跑到阿轩家里去，门已经上了锁，锁上已经落了灰。

直到开学，阿瑾都没有见到阿轩。她想要问问好友原因，却不知道该问谁。

又一次见阿轩，是阿瑾去市里上学的第二年。

阿瑾去学校旁边的文具店买考试用品，她看见一个瘦小的身影，试探着叫了一声"阿轩"，结果那人真的回头了。

一样的年纪，本来都应该在学校里无忧无虑，却总有人需要提前走上岔路口。

还有一点时间，阿瑾和阿轩在旁边的冷饮店坐了一会儿。

看着冷饮店的价格表，阿轩犹豫了一番才咬牙点了一杯最便宜的。

两个人占了角落的一张桌子，开始叙旧。

两年没见，彼此都已经成长。

阿瑾讲了在学校的所见所闻。这座充满诱惑的城市，有太多他们没有见过的东西。阿瑾越讲越兴奋，恨不得将这两年的见闻都讲给阿轩听。她虽然讲得兴奋，却也注意到阿轩渴望但满含失望的眼神。阿瑾小心翼翼地问:“你这两年，你去哪儿了？”

阿轩听了这个问题，眼神忽然黯淡了。他说:“中考的第一天，我妈妈走了。”

中考那一天，阿轩至今记忆犹新。他早晨出门的时候，妈妈还是好好的，只是考完一场试，活生生的人就变成了一具冰冷的遗体。

没了妈妈，阿轩彻底断了经济来源。他想过卖菜来维持生计，可想到在这个地方，他只能卖一辈子菜，他就决定锁了家门，到外面闯一闯、看一看，长点见识，没准还有机会继续读书。

阿轩做了这个决定，立刻就收拾了行囊，整理了妈妈留下财物，锁了家门，坐上了远行的汽车。

他身上的钱只够坐车到市里。

“那后来呢？”阿瑾咬着吸管追问。

阿轩指了指身上的工服，说：“只有一家老板肯收我做服务员。后来，我满了十六岁就去工地上搬砖，赚得比妈妈多，至少养活自己不成问题。”

阿瑾还记得，当年他们在一起刷题时，阿轩的豪言壮语。

她忽然问他：“如果有机会让你上学，你会去上学吗？”

“一定会。”阿轩肯定地说，“我都查好资料了，我会先去报个中专，再考大专，然后考大学。唯一的遗憾就是我没有上高中，不然我现在肯定学习特别好。”

阿瑾拍了拍阿轩的肩膀，说：“不用遗憾，我教你啊。我可是班上的第一名。”

两年没有联系的同学，又在这个灯红酒绿的城市相遇了。

阿瑾是住校生，只有周日才有空出来买点东西。她和阿轩约好，每周的周日下午四点在那家冷饮店见面，她给他补习高中知识。

已经放下书本将近两年时间，许多知识都变得生僻，阿轩理解起来十分费劲。

阿瑾是一个好老师，她总会带着上课时记下的笔记，给阿轩讲知识点。她总是自己先看两遍，再来给阿轩讲。

因为时间有限，阿轩单独做了笔记后，回去会利用休息的时间再复习巩固。有不懂的，阿轩会反复琢磨，如果阿瑾也不懂，他就等着阿瑾去问了老师再回来给他讲。

就这样过了整整两年。

因为温习知识许多遍，即便没有上补习班，阿瑾的成绩也突飞猛进，进入了年级前十名，获得了名校保送的资格。

如果阿轩妈妈还在，或许，保送资格也有他的份儿。

知道这个好消息，阿轩为阿瑾祝贺，也暗自下了决心，无论如何当年要考上中专。

阿瑾高中毕业那一年，顺利拿到名校的录取通知书。而阿轩，也报名参加中专考试，顺利通过，成为机械专业的一名超龄的学生。

似乎一切都在朝着好的方向发展。因为学习，他们有了各自的去处，偶尔在假期相聚，说的都是在学校发生的趣事。

阿瑾本以为以后的日子会越过越好，至少他们都已经跨出脱掉“贫困”的第一步，毕竟这座城市已经接纳他们。

大三那年的暑假，阿瑾结束了为期一个月的暑期实习，回到高中念书的市里，想要见阿轩一面，看看阿轩最近过得怎么样。

可他的号码已经成了空号，阿瑾去了学校才知道，阿轩已经退学半年了。

以为慢慢变好的生活，似乎就这样断了。

时至今日，阿瑾依旧很疑惑，为什么阿轩会放弃学业消失不见。

如今看着对面风度翩翩的青年，阿瑾说：“你那一年去哪儿了？放弃学习，不是你的风格啊。”

“我找到我爸爸了，所以我去找他了。”

中专第二年，阿轩接到了一通陌生的电话。电话那边的人自称是阿轩的父亲，说他如今过得很好，希望能将阿轩接过去过两天好日子。

工作了两三年，阿轩变得十分警惕，他核对了那人的身份信息，又让他将身份证复印件寄过来。折腾了一番，阿轩相信了。

已经没了母亲，他想，这世间还有一个人可以相依相伴。

阿轩毫不犹豫地退了学，拿着那个自称是父亲的人打过来的一千块钱，踏上了寻父的旅程。下火车之后，他的希望迅速破灭。

哪里有什么活着的父亲，只有一个父亲曾经认的兄弟，拿了父亲的身份证。将阿轩骗过去，不过是为了让他工作，还他父亲生前看病欠下的债。

五万元，对阿轩来说就是个天文数字。偏偏人来了，也叫人扣下了，他没有选择的余地。

阿轩刚明亮起来的世界又变得漆黑一片。

他放弃了向命运反抗，老老实实地赚着并不高的工资，一点一点偿还那些债。他连最喜欢的读书也放弃了，每天上完班，回到住的地方就倒头大睡，日复一日，过了五六年，债还清了，年纪也大了，阿轩愈发不知道该何去何从。

阿瑾看了一眼阿轩，笑着说："按你的说法，你现在不应该是这样的。"

“那是因为，我遇到了伯乐。”

这个伯乐便是阿轩中专时的老师。

这个老师辗转打听到了阿轩的情况，再见阿轩，老师险些没有认出来。瞧着阿轩一副颓废的样子，他觉着有些可惜，问阿轩是否愿意回到学校重新开始。

阿轩本想拒绝，他已经过了上学的年纪，在他的想法中，他应该凄苦一辈子。

可老师不这么认为，老师给阿轩指了一条路，让他重回学校读书，拿到属于自己的文凭，从此再也不必只做苦力。

似乎又看到了希望，阿轩几经挣扎，最终选择了老师说的这条路。他又成了学校里的超龄学生。身体各方面的机能都不如十几岁的孩子，他要比他们更用功。别人做一遍的事情、学一遍的知识，他总是做两三遍、复习两三遍。

每日挑灯夜读，每天坚持学习。

在学校的三年里，阿轩读的书是他前面二十几年读的三四倍。理论知识结合实践，阿轩成了他们那一届唯一的保送到本校大专的学生。

再后来，他一面读书，一面学习，考了成人本科，拿到学位。

毕业后因为在公司里表现突出，他一路升职加薪，人生仿佛开挂。

十多年没见，两人都成了最初想要成为的模样。

这个世界，只要你不放弃，终将遇见成功。

命运总喜欢和人开玩笑，将所有人玩弄于股掌之间。有的时候，你感觉自己快要看见胜利的曙光，下一刻，它却又给你致命一击。生活变得灰暗，一日复一日，似乎与希望离得越来越远，你大约会想，我已经这样倒霉了，不如我就这样放弃好了，后半生便任其灰暗吧。你是否想过，再坚持一下，你就能战胜那些所谓的困难？再往前走一点点，你必能看见光明。

其实，成功没有秘诀，只要不放弃，你终将遇见成功。

■ 唯有一腔孤勇，也要去追梦（作者：叶喃）

青春，是梦想的别名。在年轻的岁月里，每个人都曾播撒自己的梦想之种，可并非每个人都有收获。岁月不可待，唯有在追梦途中勇往直前，方可不负韶华。

年少的林文有过各种天花乱坠的梦想，环游世界始终是她心之所向。随着年岁的增长，林文越发觉得，人的一生不应该是被限制长度与宽度的。她相信，看过世界，拥抱过世界，方能破解其对于人生长度与宽度的疑惑。林文期待梦想之花绽放，并为之脚踏实地努力着。当熬过了黑暗的六月高考，林文拿到了理想大学的录取通知书，在雀跃自己努力学习终究得到回报的同时，她觉得自己离人生的目标更近一步了。

氤氲流年，转瞬间，林文便开始了自己的大学生涯。大学，对于林文来说就是一个崭新的世界。不同于忙碌的高中，大学自由时间很多，林文有了更多的时间来一步步实现自己的梦想。她很快适应了大学生活，充满朝气。

青春，是可以畅谈梦想的。在与寝室其他三位室友聊天时，林文说了自己要畅游世界的人生目标，目前的小目标便是游遍祖国各地。在室友的惊叹与鼓励声中，林文更加坚定了自己的想法，并开始有所计划。在上课之余，林文去做兼职，为旅行赚取经费。林文在地图上做了标记，并给每个景点做好攻略。

对于年轻人来说，身体与思想，总要有一个在路上。三位室友在听了林文详细的旅行计划后，纷纷表示要与她一起行动。有了室友的陪伴，旅途该是热闹的。林文很高兴室友的加入，并重新做了行程安排。

新生军训结束后，迎来了大学的第一个小长假，林文亦即将开始她的第一场旅行。做好了旅行前的准备工作，林文兴奋地告知室友该收拾行李了，室友小欣假期要回家一趟，表示不能去旅行了。旅行的前夕，其他两位室友也向林文表示歉意，她们也不能去了。深感失落的林文只得重新做准备。见林文将开始一个人的旅行，室友给她讲述一个人旅行可能遇到的危险，并试图劝她别去了。另一个室友附和，认为旅行既花时间与金钱，又劳累，还是不要去旅行的好。即使要去旅行，去附近看看就好。

其实，旅行中的安全、费用等问题林文都深思熟虑过了，也做了相应的准备。但是，在室友的劝说下，林文有所动摇。当室友小欣告诉林文，这次旅行取消，下次她与林文一同去时，林文答应了。

此时的林文并不知道，有些事是不能等的，有些事只能一个人去做。放弃第一场旅行之后的日子里，由于各种原因，林文终究没能踏出计划的第一步。而且，林文迷上了网络小说。不费脑的消遣性质的小说，让林文沉迷其中而无法自拔。除了上课，林文的大部分时间被小说占据了，有时上课她也看小说。将时间花费在无意义的事情上，林文不是不心虚的，可当她看到周围不乏与她一同挥霍时光的同学后，她便安心了，继续放纵自己。

当时钟的指针停留在大一期末时，林文才发现时间过得太快，一年的大学生活就这样悄无声息地结束了。她回想自己这一年，才发现，除了看小说，她竟然想不起自己还做了什么事。上课、吃饭、看小说，日复一日，年复一年，如此单调的生活，林文竟不觉得乏味。这时林文才感到害怕，不仅仅是害怕自己让生活变得无趣，更惶恐于自己精神世界的荒芜。

“你真的是活了三百六十五天，还是只活了一天，却重复了三百六十五次？”冷静下来的林文不断质问自己。当林文从书架旮旯里找到那本布满灰尘的、写满了人生计划的笔记本后，深有感触：从这一秒开始，永远不会太晚。

林文知道自己要想改变，首先就要戒掉熬夜看小说的习惯。养成不良习惯极为容易，戒掉不良习惯却并非易事。当林文一次次想重新拿起手机沉迷于小说时，理智却告诉她不可以。在坚持与放弃之间，林文的精神倍受折磨。

室友知道林文在“戒小说”后，轻松否定了林文此举的意义：“经过了黑暗的高中岁月，大学时光不就是用来肆意挥霍的么？没逃过课的大学是不完整的；没挂过科的大学是遗憾的。你不过是爱看小说，无须纠结……”

室友让林文不要跟自己较真，林文听了进去，并回想了很多。如果说高中是学生的炼狱，大学是学生的天堂，那么，既然自己可以承受炼狱之重，完成人生的一大蜕变，为什么在天堂不可以活得更精彩呢？不忘初心，方得始终。林文想起了高中时的奋力一搏，想起了那个环游世界的梦想，想起了大一被虚度的时光，羞愧是如此清晰，激励亦是如此强烈。

不再为自己找借口，也不再等待他人的陪伴，林文背上行囊，开始了一个人的旅行。当一个人坚定了自己的人生目标，便无惧风雨，敢于向前，世界也会为他让道。

林文看过了春意盎然的南方，赏过了大雪纷飞的北方，知晓了夏天里海水的怡人温度，观赏了秋天里的落叶梧桐。祖国的天涯与海角，一望无垠的草原与蔚蓝天空的高原，江南的小桥流水与北方的寂静四合院，不论是瑰丽的大自然还是人类的巧夺天工，一切都让林文着迷。在广大天地间，她看到了自身的渺小与大自然的强大，更懂得了生命的神奇与可贵。这个时候，那个关乎生命的问题的答案，已然不那么重要。林文知道，在缤纷的世界中，她可以找准自己的定位，活出自我，这就够了。

走过很多的地方，行过许多的桥，看过许多的云，陌生的地方都是风景。当看到林文晒在朋友圈的各地美景后，朋友们在纷纷赞赏的同时，不由得发出感慨，这不就是他们自己年轻时理想的生活与人生么？只是，陷于烦琐事物中，他们怕是早已忘记了出发的初心与勇气了。

一路上，林文看过了太多的人与物，也品尝了欢乐与悲伤，她的内心逐渐变得柔软却强大，她清晰懂得了自己想要追求的梦想与人生。

大学即将毕业，在家人以林文是女生且年纪不小了为由反对她读研后，她坚持了自己继续深造的想法，并用实际行动说服了父母。林文承诺读研的一切费用自理，之后她用奖学金与兼职赚来的钱供自己学习与生活。三年的研究生生活，林文过得十分充实，虽然科研占据了她的大部分时间，她依旧没有停下脚步。在她看来，知识的丰富与精神世界的充沛并不冲突，出去走一走，能让她更懂得停下的理由。

林文研究生毕业后，迎来了人生的又一大难题——被催婚。爱情对于林文来说可遇不可求，是锦上添花而非生活必需品。她期待遇上灵魂伴侣，如果没遇上，那她宁愿一个人生活。实际上林文是非常享受一个人的生活的。单身，是一个人最好的增值期，林文相信当自己处于最好的状态，便能遇上最优秀的那个他。

两年的时间，林文便付了自己房子的首付，贷款后拥有了自己的房子。朝九晚五的工作让林文有更多的自由时间，下班后，约上三两朋友来家小酌一杯，她的厨艺也有了飞速的进步。在自学了园艺知识后，林文精心培养了很多花草。凡是有兴趣的，林文都愿意去尝试，去认真学习。她醉心于公益活动，将自己做的糕点送给福利院的小孩，去敬老院倾听老人家唠嗑，闲暇时来一场说走就走的旅行。

一个人生活，一个人精彩，林文将生活过得越发精致。但是，家人不放弃劝说林文早日成家。在众多亲戚的眼中，女生唯有嫁个好人家，人生才是圆满的，这一切无关乎女生自身的努力与成就。对于年近三十的林文来说，她还没有等到那个可以与她一同看世界、一同成长的人。面对家人的催婚，林文劝服不了他们，唯有在沉默中坚持自己的想法。

三十岁那天，林文送给了自己一份礼物，那便是开始她的环游世界计划。三十一岁那年，林文在浪漫的巴黎遇到了那个人，他和她一样看过世界，两人很快走进了婚姻的神圣殿堂。

三毛曾感叹："我来不及认真地年轻，待明白过来时，只能选择认真地老去。"所以，她选择一生流浪，在流浪中回归生命的本真。对于林文来说，她只是芸芸众生中的普通人，在平凡的旅行中寻找灵魂的栖息之处。后来，林文逐渐明白，她之所以热衷于旅行，不过是享受追逐梦想过程中的所有好的和不好的。而幸运的是，在一次次旅行之后，她最终寻觅到了心安之处。

去追梦吧，去梦想的地方，赏怡人的风景，不管路途洒满欢乐还是遍布艰辛。哪怕你只有一腔孤勇，生活也终不会辜负你的赤诚。

■ 傲慢与傲骨，不止是一字之差（作者：LUCKY 珊瑚）

傲慢和傲骨虽只有一字之差，却可以演绎出完全不同的人生。在梦想面前，傲骨会让梦想锦上添花，傲慢会给梦想落井下石，截然不同的两个结局，关键在于你如何选择。

说起傲慢，最经典的形象就是简·奥斯汀的小说《傲慢与偏见》里的达西。他自大、高傲，优越的出身和高贵的血统使他无视、忽略周围的一切。和他的好友，同样为富裕的单身绅士宾利相比，他的确冷酷和霸道很多。如果一个人在梦想面前傲慢起来，由于受到思维方式和行为习惯的影响，比起达西来可能过之而无不及。

而傲骨则因为徐悲鸿的一句“人不可有傲气，但不可无傲骨”而被广泛推崇。的确，傲骨这东西是靠修练得来的，“若非一番寒彻骨，哪得梅花扑鼻香”，有傲骨的人，定有一番不同于寻常人的经历和令人敬佩的毅力。

萱婧和小帆都是陈老师的学生，在做学问上她们俩不相上下，在追梦这条路上，她们有着不同的人生故事。

两人的故事，要从她们成为陈老师的助手开始讲起。

陈老师博士毕业后进入一家大专院校当起了辅导员。从上班第一天起，他就负责学校宣传工作。那时学校为了扩大宣传力度，在学生中招了几个助理，这样做一来能把宣传做得贴近学生生活，二来创造不少勤工俭学的机会，一举两得的事情，吸引了不少学生前来竞聘。

几经比拼，从写作的高度、用词的准确度、文采的精彩度以及表达的生动度为标准，学校选出了五位同学担任宣传部的助理工作，其中萱婧、小帆成为了陈老师的助手。

按理说，能同时成为陈老师的助手，她们单从笔头功夫来讲，几乎是不相上下的，而且各有所长。萱婧文采出众、小帆笔法生动，二人的写作高度都很了得，她们是陈老师引以为傲的“宣传小分队”。陈老师很喜欢分配任务给她们去干，她们从来没让陈老师失望。

大学校园里红墙绿瓦、草长莺飞，世外桃源般的环境里，大家走过花季雨季，虽然文化素养接近，但是人生经历和家庭背景不同，尤其是萱婧和小帆，简直有“天壤之别”。

萱婧家境殷实，父母都是有头有脸的人物，生活条件优越，加上她本来就天生丽质，从小就活在光环下，听惯了表扬和赞誉，收获了诸多鲜花和掌声，因此，她从来就不愁没人赞赏，也习惯了这样的待遇。久而久之，她变成了一个孤傲的美人，很多人被她的外表吸引，却甚少有人能进入她的内心。

萱婧平素里话不多，但一开口就“语不惊人死不休”。学生会的一个男同学追求她，追得很坚毅、很辛苦，但萱婧对人家就是不理不睬，后来这个男生实在等不下去了，到办公室里来找她，她正打算离开时，只见那个男生拿出一枝粉色的玫瑰递给了她，随后说了“喜欢你”“做我女朋友”之类的话。

整个过程中，萱婧都“专心”码字，一声不响。这个男生就这样自言自语了一番，犹如对着一堵墙说话，毫无回应，真是尴尬！旁边有个同学看那个男生实在无趣得很，于是从旁插了一句：“萱婧，这个同学在同你说话呢，你怎么也不表个态啊？”

这话说出来，萱婧不好意思再沉默，安静了一会儿后，十分疲倦地说道：“同学，你要是真的那么有空，就帮我看一下他的身高有没一米八，如果没有的话，没什么可说的了。”

听完萱婧的话，当时在场的人都惊呆了，长这么大，那个同学估计是头一回听见有人这么说话，本来想说点什么，但惊得说不出话来，加上已经被萱婧反驳，只好闭嘴走开了。而向萱婧表白的那个男生，更是像霜打的茄子，恼羞成怒愤愤地离开了。

再来说说小帆，她就是个普通人家的姑娘，她有两个姐姐和一个弟弟。和普通女孩一样，没有值得骄傲的家世，反倒是家里经济状态不好，经常捉襟见肘，她每天的生活都紧巴巴的。但大家都觉得出乎意料的是，小帆的精神状态和为人处世，并不像她窘迫的生活那样紧巴巴的。

相反，她十分开朗、活泼且乐于助人。很多人对此不解，以她的家庭情况，她能看开不受影响就不错了，没想到她虽然坚毅但性子不硬，虽然不屈服于命运但从不跋扈，这样的性格实在是难得。客观地讲，她的长相十分普通，打扮也不精致，生活条件所限，她到了大学里还穿着中学时的 T 恤和牛仔裤，没有机会把自己打扮成一个成熟、美丽的女人。

临近毕业时，招聘单位在学校里挑选人才，看到萱婧长发披肩、裙带飘飘，认为她是一个谦逊内敛、举止得体的女孩，于是几场面试，萱婧都顺利而轻松地通过了。但小帆表现平平，只拿到了一家公司的 offer，最后也毫无悬念地进入了这家公司。

看上去萱婧是一个炙手可热的人才，而小帆却是普通应征者一个，似乎萱婧会更受上司的喜爱，但事实刚好相反。

上班不到一个月，萱婧就炒了老板的鱿鱼，理由很简单，她觉得这家公司的营销理念与她的价值观不符，于是辞职走人了。这个理由听上去似乎说得过去，所谓“道不同不相为谋”，她辞职还算在情理之中。接下来的一年里，萱婧辞职的理由变得越来越离谱，越来越荒诞。

先是老板的形象不行，再是公司饭堂的伙食不行，后来是公司的保洁阿姨活儿干得不够细致……总之，在萱婧的眼里，处处都不够好，什么东西在她眼里都是毛病丛生的残次品。带着这样的情绪，萱婧初入职场为人处事带着不不可一世的眼光，经常与人产生磨擦，最后，什么都看不惯的她跳槽了一遍又一遍，除了年纪大了以外，什么也没有留下。

而小帆则全然不同。她从入职的那天起就从来没有抱怨过一句。因为家里太过贫寒，小帆总是在吃穿用度上遭到其他同事的嘲笑，但在工作上，她从来都恪尽职守，丝毫挑不出毛病，也从来没有在高层领导面前出错，每接一个项目，她都能不负众望地取得令领导和同事刮目相看的成绩。

她们离校后的第十个年头再聚会时，萱婧因没什么成绩、依旧靠着父母为生而拒绝参加聚会，而小帆则在百忙中抽空参加了聚会，此时人们才知道，她已经被擢升为所在公司的华南地区总经理。

萱婧和小帆在智力上不相上下，在学历上也差不了多少，但到了毕业的第十年，她们二人天壤之别，归根结底在于，她们同为职场新人时，一个选择了傲慢，一个选择了傲骨，她们的人生由此各奔东西。

所以，“傲慢”与“傲骨”虽只有一字之差，但在人生的选择上“失之毫厘、谬之千里”。在梦想面前，傲骨会让梦想锦上添花，傲慢给梦想落井下石，截然不同的两个结局，关键在于你如何选择。